afirma Pereira
um testemunho

Antonio Tabucchi

afirma Pereira
um testemunho

Tradução
Roberta Barni

Estação Liberdade

Título original: *Sostiene Pereira: una testimonianza*
© Antonio Tabucchi, 1994
© Editora Estação Liberdade, 2021, para esta tradução
Todos os direitos reservados.

Preparação LAURA RIVAS GAGLIARDI
Revisão EDITORA ESTAÇÃO LIBERDADE
Supervisão editorial LETÍCIA HOWES
Capa CIRO GIRARD
Foto de capa ANUP KUMAR/UNSPLASH
Edição de arte MIGUEL SIMON
Editor ANGEL BOJADSEN

CIP-BRASIL. CATALOGAÇÃO NA PUBLICAÇÃO
SINDICATO NACIONAL DOS EDITORES DE LIVROS, RJ

T118a

    Tabucchi, Antonio, 1943-2012
        Afirma Pereira : um testemunho / Antonio Tabucchi ; tradução Roberta Barni. - 1. ed. - São Paulo : Estação Liberdade, 2021.
        160 p. ; 21 cm

    Tradução de: Sostiene pereira : una testimonianza
    ISBN 978-65-86068-50-4

    1. Romance italiano. I. Barni, Roberta. II. Título.

21-72267   CDD: 853
                    CDU: 82-31(450)

Meri Gleice Rodrigues de Souza - Bibliotecária - CRB-7/6439
27/07/2021   27/07/2021

Todos os direitos reservados à Editora Estação Liberdade. Nenhuma parte da obra pode ser reproduzida, adaptada, multiplicada ou divulgada de nenhuma forma (em particular por meios de reprografia ou processos digitais) sem autorização expressa da editora, e em virtude da legislação em vigor.

Esta publicação segue as normas do Acordo Ortográfico da Língua Portuguesa, Decreto nº 6.583, de 29 de setembro de 2008.

Editora Estação Liberdade Ltda.
Rua Dona Elisa, 116 — Barra Funda — 01155-030
São Paulo – SP — Tel.: (11) 3660 3180
www.estacaoliberdade.com.br

NOTA

O doutor Pereira visitou-me pela primeira vez numa noite de setembro de 1992. Naquela época, ele ainda não se chamava Pereira, ainda não tinha traços definidos, era algo vago, fugidio e indistinto, mas já tinha vontade de ser protagonista de um livro. Era apenas um personagem à procura de um autor. Não sei por que escolheu logo a mim para ser contado. Uma hipótese possível é que no mês anterior, num tórrido dia de agosto em Lisboa, eu também tinha feito uma visita. Lembro-me nitidamente daquele dia. Pela manhã, tinha comprado um jornal da cidade e lera a notícia de que um velho jornalista falecera no Hospital de Santa Maria de Lisboa, e podia ser visitado para a última homenagem na capela do hospital. Por discrição, não quero revelar o nome dessa pessoa. Direi apenas que era uma pessoa que eu conhecera de passagem, em Paris, no final dos anos 1960, quando ele, como exilado português, escrevia para um jornal parisiense. Era um homem que exercera sua profissão de jornalista por volta de 1945, em Portugal, sob a ditadura de Salazar, e que conseguira pregar uma peça na ditadura salazarista, publicando num jornal português um artigo feroz contra o regime. Depois, naturalmente, passou a ter sérios problemas com a polícia e teve que escolher o caminho do exílio. Eu sabia que depois de 1974, quando Portugal restabeleceu a democracia, ele tinha voltado para seu país, mas nunca mais o encontrei. Ele não escrevia mais, estava aposentado, não sei como vivia, infelizmente tinha sido esquecido. Naquele período, Portugal levava a vida alvoroçada e agitada de um país que reencontrava a democracia após cinquenta anos de ditadura.

Era um país jovem, dirigido por gente jovem. Ninguém lembrava mais de um velho jornalista que no final dos anos 1940 havia se oposto com determinação à ditadura salazarista.

Fui visitar o corpo às duas da tarde. A capela do hospital estava deserta. O caixão estava aberto. Esse senhor era católico, e haviam deixado sobre seu peito um crucifixo de madeira. Detive-me a seu lado uns dez minutos. Era um velho rechonchudo, ou melhor, gordo. Quando o conhecera em Paris, era um homem de uns cinquenta anos, ágil e esperto. A velhice e talvez uma vida difícil tinham feito dele um velho gordo e flácido. Aos pés do caixão, sobre um pequeno atril, achava-se um registro aberto que trazia as assinaturas dos visitantes. Havia alguns nomes escritos, mas eu não conhecia ninguém. Talvez fossem seus antigos colegas, gente que vivera com ele as mesmas batalhas, jornalistas aposentados.

Em setembro, como dizia, Pereira, por sua vez, veio me visitar. Na hora não soube o que lhe dizer, e, no entanto, compreendi confusamente que aquele vago semblante que se apresentava com o aspecto de um personagem literário era símbolo e metáfora: de algum modo, era a transposição fantasmática do velho jornalista a quem eu fora levar a última saudação. Senti-me constrangido, mas o recebi com carinho. Naquela noite de setembro, compreendi vagamente que uma alma, que vagava no espaço do éter, precisava de mim para se narrar, para descrever uma escolha, um tormento, uma vida. Naquele privilegiado espaço de tempo que antecede a hora de pegar no sono e que, para mim, é o espaço mais idôneo para receber as visitas dos meus personagens, disse a ele que voltasse novamente, que se abrisse comigo, que me contasse sua história. Ele voltou, e eu logo encontrei um nome para ele: Pereira. Em português, Pereira, como todos os nomes das árvores frutíferas, é um sobrenome de origem hebraica, assim como na Itália os sobrenomes de origem hebraica são nomes de cidades. Com isso, quis prestar uma homenagem a um povo que marcou largamente a civilização portuguesa e que foi vítima de grandes injustiças da História. Mas havia outro motivo, este de origem literária, que me impelia para esse nome: um pequeno entreato de Eliot intitulado "What about Pereira?", em que duas amigas evocam, em seu diálogo, um misterioso português chamado Pereira, do qual nunca se saberá nada. Do meu Pereira, ao contrário, eu começava a saber muitas coisas. Em suas visitas noturnas, ia-me contando que era viúvo, cardíaco e infeliz. Que amava a literatura francesa, em particular os escritores católicos do entreguerras, como Mauriac e Bernanos, que tinha obsessão pela ideia da morte, que seu melhor confidente era um franciscano chamado padre António, com quem se confessava receoso de ser um herético por não acreditar na ressurreição da carne. Depois, as confissões de Pereira, unidas à imaginação de quem escreve, fizeram o resto. Encontrei para Pereira um mês crucial de sua vida, um mês tórrido, o mês de agosto de 1938. Reconsiderei a Europa à beira do desastre da Segunda Guerra Mundial, a guerra civil espanhola, as tragédias do nosso passado recente. E, no verão de 1993, quando Pereira, que já tinha se tornado um velho amigo, contou-me a sua história, eu pude escrevê-la. Escrevi-a em Vecchiano, em dois meses também tórridos, de intenso e árduo trabalho. Por uma venturosa coincidência, terminei de escrever a última página em 25 de agosto de 1993. E quis registrar aquela data na última página porque este é para mim um dia importante: o aniversário de minha filha. Pareceu-me um sinal, um auspício. No dia feliz do nascimento de um filho meu, também nascia, graças ao poder da escrita, a história da vida de um homem. Talvez, na imperscrutável trama dos eventos que os deuses nos concedem, tudo isso tenha seu significado.

ANTONIO TABUCCHI
Este texto foi publicado no
Il Gazzettino, em setembro de 1994.

1

Afirma Pereira tê-lo conhecido num dia de verão. Um esplêndido dia de verão, cheio de sol e ventilado, e Lisboa reluzia. Parece que Pereira estava na redação, sem saber o que fazer, o diretor de férias, ele atrapalhado para levantar a página de cultura, porque agora o *Lisboa* já tinha uma página cultural, que lhe fora confiada. E ele, Pereira, refletia sobre a morte. Naquele belo dia de verão, com a brisa atlântica acariciando o topo das árvores e o sol resplandecendo, e a cidade que cintilava, literalmente cintilava sob sua janela, e um azul, um azul jamais visto, afirma Pereira, de uma limpidez que quase machucava os olhos, ele começou a pensar na morte. Por quê? Isso Pereira não consegue dizer. Vai ver porque seu pai, quando ele era criança, tinha uma agência funerária que se chamava "Pereira, a dolorosa", vai ver porque sua mulher tinha morrido de tuberculose alguns anos antes, vai ver porque ele era gordo, sofria do coração e tinha pressão alta, e seu médico tinha dito que se continuasse daquele jeito não lhe restaria muito tempo mais, mas o fato é que Pereira começou a pensar na morte, afirma. E por acaso, por puro acaso, começou a folhear uma revista. Era uma revista literária, que, no entanto, também tinha uma seção de filosofia. Uma revista de vanguarda, talvez, disso Pereira não tem certeza, mas que tinha muitos colaboradores católicos. E Pereira era católico, ou pelo menos naquele momento sentia-se católico, um bom católico, mas havia algo em que não conseguia acreditar, na ressurreição da carne. Na alma, sim, claro, porque tinha certeza de possuir uma alma; mas toda a sua carne, aquela gordura que cercava sua alma, pois bem, aquela não, aquela não voltaria a ressurgir, e além do mais, por quê?, perguntava-se Pereira. Toda aquela banha que o acompanhava diariamente, o suor, a falta de ar ao subir as escadas, por que haveriam de ressurgir? Não, Pereira não queria mais isso tudo, em outra vida, por toda a eternidade, e não queria acreditar na ressurreição da carne. Assim começou a folhear aquela revista com descaso porque se sentia entediado, afirma, e encontrou uma matéria que dizia: "De uma tese defendida no mês passado na Universidade de Lisboa, publicamos uma reflexão sobre a morte. Seu autor é Francisco Monteiro Rossi, que se graduou em filosofia com excelentes notas; o que segue é apenas um trecho de seu ensaio, porque talvez no futuro ele venha a colaborar outras vezes em nossa publicação."

Afirma Pereira que no começo se pôs a ler, distraidamente, o artigo que não tinha título, depois voltou para trás maquinalmente e copiou um trecho. Por que fez isso? Pereira não consegue dizê-lo. Talvez porque aquela revista de vanguarda católica o incomodasse, talvez porque naquele dia estivesse cheio de vanguardas e catolicismos, mesmo sendo ele profundamente católico, ou talvez porque naquele momento, naquele verão reluzindo sobre Lisboa, com toda aquela massa pesando sobre ele, detestasse a ideia da ressurreição da carne, mas o fato é que começou a copiar a matéria, talvez para poder jogar a revista no lixo.

Afirma que não a copiou por inteiro, copiou apenas algumas linhas que são as seguintes e que pode documentar: "A relação que caracteriza de modo mais profundo e geral o sentido de nosso ser é a da vida com a morte, porque a limitação de nossa existência por meio da morte é decisiva para a compreensão e a avaliação da vida." Em seguida, pegou a lista telefônica e disse a si mesmo: Rossi, que nome estranho, não pode haver mais do que um Rossi na lista, afirma ter discado um número, visto que daquele número se lembra bem, e do outro lado ouviu uma voz que disse: alô. Alô, disse Pereira, aqui é do *Lisboa*. E a voz disse: pois não? Bem, afirma ter dito Pereira, o *Lisboa* é um jornal de Lisboa, lançado há poucos meses, não sei se o viu, somos apolíticos e independentes, porém, acreditamos na alma, quero dizer que temos tendências católicas, e gostaria de falar com o senhor Monteiro Rossi. Pereira afirma que do outro lado houve um momento de silêncio, e em seguida a voz disse que Monteiro Rossi era ele mesmo e que de fato não pensava muito na alma. Pereira, por sua vez, ficou alguns segundos em silêncio, porque lhe parecia estranho, afirma, que uma pessoa que assinara reflexões tão profundas sobre a morte não pensasse na alma. Imaginou, portanto, que houvesse algum engano, e imediatamente seu pensamento voltou-se para a ressurreição da carne, que era sua ideia fixa, e disse que havia lido um artigo de Monteiro Rossi sobre a morte, e depois disse que também ele, Pereira, não acreditava na ressurreição da carne, se era isso que o senhor Monteiro Rossi estava querendo dizer. Enfim, Pereira atrapalhou-se, afirma, e isso o irritou; irritou-se sobretudo consigo mesmo, porque tinha se dado ao trabalho de telefonar para um desconhecido e de falar daquelas coisas delicadas, aliás, tão íntimas, como a alma e a ressurreição da carne. Pereira arrependeu-se, afirma, e na hora até chegou a pensar em colocar o fone no gancho, mas depois, sabe-se lá por quê, encontrou forças para continuar e, assim, disse que ele se chamava Pereira, doutor Pereira, que dirigia a página de cultura do *Lisboa* e que, claro, por enquanto o *Lisboa* era um jornal vespertino, enfim, um jornal que obviamente não podia concorrer com os outros jornais da capital, mas que, tinha certeza, iria deslanchar, mais cedo ou mais tarde, e era verdade que por enquanto o *Lisboa* dava espaço principalmente à coluna social, mas, enfim, agora haviam decidido publicar uma página cultural, que saía aos sábados, e a redação ainda não estava completa e por isso ele precisava de pessoal, de um colaborador externo que fizesse uma rubrica permanente.

Afirma Pereira que o senhor Monteiro Rossi balbuciou de imediato que iria à redação naquele mesmo dia, disse também que o trabalho lhe interessava, que todos os trabalhos lhe interessavam, até porque, pois sim, tinha mesmo necessidade de trabalhar, agora que tinha terminado a faculdade e precisava sustentar-se, mas Pereira teve a precaução de dizer que na redação, não, por enquanto era melhor não, quem sabe poderiam se encontrar fora, na cidade, e que era melhor marcar um encontro. Disse isso, afirma, por não querer receber uma pessoa desconhecida naquela salinha desolada da rua Rodrigo da Fonseca, onde um ventilador asmático zumbia e onde sempre havia um fedor de fritura por causa da zeladora, uma megera que olhava todos com ar desconfiado e que não fazia outra coisa senão fritar. E depois não queria que um desconhecido percebesse que toda a redação cultural do *Lisboa* se resumia a ele, Pereira, um homem que suava de calor e de mal-estar naquele buraco, e enfim, afirma Pereira, perguntou se poderiam se encontrar na cidade, e ele, Monteiro Rossi, disse: hoje à noite, na praça da Alegria, há um baile popular com canções e violões, eu fui convidado para cantar uma canção napolitana, sabe, eu sou meio italiano, mas não sei napolitano, de qualquer forma o dono do local reservou-me uma mesinha ao ar livre, e na mesa haverá um cartãozinho com o nome Monteiro Rossi, o que o senhor acha de nos encontrarmos lá? E Pereira disse que sim, afirma, colocou o fone de volta no gancho, enxugou o suor, e depois lhe veio uma ideia maravilhosa, a de preparar uma breve rubrica intitulada "Efemérides", e pensou em publicá-la já no sábado seguinte, e assim, quase maquinalmente, talvez porque pensasse na Itália, escreveu o título: "Há dois anos falecia Luigi Pirandello". E depois, abaixo, escreveu o cabeçalho do artigo: "O grande dramaturgo havia apresentado em Lisboa o seu *Sonho ou talvez não*".

Era vinte e cinco de julho de mil novecentos e trinta e oito, e Lisboa cintilava no azul de uma brisa atlântica, afirma Pereira.

2

Pereira afirma que naquela tarde o tempo virou. De repente a brisa atlântica parou, e do oceano chegou uma espessa cortina de névoa, e a cidade ficou envolvida por um sudário de calor. Antes de deixar o seu escritório, Pereira olhou o termômetro, que comprara do seu próprio bolso e que pendurara atrás da porta. Marcava trinta e oito graus. Pereira desligou o ventilador, encontrou a zeladora pelas escadas, que disse até logo doutor Pereira, sentiu mais uma vez aquele cheiro de fritura que pairava no átrio e finalmente saiu ao ar livre. O mercado do bairro ficava do outro lado da rua, bem na frente do portão, e a Guarda Nacional Republicana postava-se ali com duas caminhonetes. Pereira sabia que o mercado estava agitado porque no dia anterior, no Alentejo, a polícia tinha matado um carreteiro que abastecia o mercado e que era socialista. Por isso, a Guarda Nacional Republicana postava-se diante das grades do mercado. Mas o *Lisboa* não tivera coragem de dar a notícia, ou melhor, o vice-diretor, porque o diretor estava de férias, estava em Buçaco, desfrutando o ar fresco e as termas, e quem poderia ter a coragem de dar uma notícia daquelas, a de que um carreteiro socialista fora massacrado no Alentejo em sua carroça, respingando sangue em seus melões? Ninguém, porque o país se calava, não podia fazer outra coisa senão calar, e enquanto isso as pessoas morriam e a polícia mandava e desmandava. Pereira começou a suar, porque pensou novamente na morte. E pensou: esta cidade fede a morte, a Europa toda fede a morte.

Foi ao Café Orquídea, que ficava bem pertinho, depois do açougue kosher, sentou-se a uma mesinha, mas dentro do local, porque ali pelo menos havia ventiladores, e do lado de fora não dava para aguentar o calor. Pediu uma limonada, foi ao toalete, enxaguou mãos e rosto, mandou vir um charuto, pediu o jornal da tarde, e Manuel, o garçom, levou-lhe logo o *Lisboa*. Não vira as provas naquele dia, por isso o folheou como se fosse um jornal desconhecido. Dizia a primeira página: "Partiu hoje de Nova York o iate mais luxuoso do mundo". Pereira demorou-se na manchete, em seguida olhou a foto. Era uma imagem que retratava um grupo de pessoas de chapéu de palha e camisa, abrindo garrafas de champanhe. Pereira começou a suar, afirma, e pensou de novo na ressurreição da carne. Quer dizer que — pensou —, se eu ressurgir, terei que me encontrar com essa gente de chapéu de palha? Pensou estar mesmo com aquela gente do iate num porto qualquer da eternidade. E a eternidade pareceu-lhe um lugar insuportável, oprimido por uma cortina de quentura nevoenta, com pessoas que falavam inglês e que brindavam exclamando: Oh, oh! Pereira pediu mais uma limonada. Considerou se seria o caso de ir para casa tomar um banho fresco ou se não seria melhor ir visitar seu amigo vigário, o padre António da igreja das Mercês, com quem se confessara alguns anos antes, quando morrera sua mulher, e que costumava visitar uma vez por mês. Pensou que era melhor visitar o padre António, talvez lhe fizesse bem.

E foi o que fez. Afirma Pereira que daquela vez esqueceu-se de pagar. Levantou-se apático, aliás, desligado, e simplesmente foi embora, deixando na mesa seu jornal e seu chapéu, talvez porque com tamanha quentura não tivesse vontade de usá-lo, ou porque ele era assim mesmo, esquecia os objetos.

Padre António estava acabado, afirma Pereira. As olheiras cavavam-lhe as faces, e tinha um ar esgotado, como de quem não dormiu. Pereira perguntou o que acontecera, e padre António disse: como pode, você não ficou sabendo? Massacraram um alentejano em sua carroça, há greves aqui, na cidade e em outros lugares, afinal em que mundo vive, você que trabalha num jornal?, ouça Pereira, vá se informar.

Pereira afirma ter saído perturbado por essa breve conversa e pelo modo como fora despachado. Perguntou-se: em que mundo eu vivo? E veio-lhe a estranha ideia de que ele, talvez, não vivesse, era como se já estivesse morto. Desde que sua mulher falecera, ele vivia como se estivesse morto. Ou melhor:

só fazia pensar na morte, na ressurreição da carne, em que não acreditava, e em bobagens desse gênero, sua vida não passava de sobrevivência, de uma ficção de vida. E sentiu-se esgotado, afirma Pereira. Conseguiu arrastar-se até o ponto de bonde mais próximo, e tomou um bonde que o levou até o Terreiro do Paço. E enquanto isso, pela janela, olhava sua Lisboa desfilando lentamente, olhava a avenida da Liberdade, com seus belos palacetes, e depois a praça do Rossio, de estilo inglês; e desceu no Terreiro do Paço, tomando outro bonde, que subia até o Castelo. Desceu à altura da Catedral, pois morava lá perto, na rua da Saudade. Subiu com dificuldade a ladeira que levava até sua casa. Tocou para a zeladora porque não tinha vontade de procurar as chaves do portão, e ela, que também lhe servia de empregada, foi abrir. Doutor Pereira, disse a zeladora, fritei um bife rolê para o jantar. Pereira agradeceu e subiu lentamente as escadas, apanhou a chave debaixo do capacho, onde sempre a guardava, e entrou. Na entrada, deteve-se diante da estante, onde estava o retrato de sua mulher. Ele mesmo tinha tirado aquela fotografia, em mil novecentos e vinte e sete, durante uma excursão a Madri, e ao fundo se via a silhueta maciça do Escorial. Desculpe-me por estar um pouco atrasado, disse Pereira.

Afirma Pereira que havia algum tempo tinha criado o hábito de falar com o retrato de sua mulher. Contava-lhe o que havia feito durante o dia, confiava-lhe seus pensamentos, pedia conselhos. Não sei em que mundo eu vivo, disse Pereira ao retrato, até o padre António me disse, o problema é que só penso na morte, parece-me que o mundo todo morreu ou que esteja prestes a morrer. Depois Pereira pensou no filho que não tiveram. Ele, sim, adoraria ter um filho, mas não podia pedir isso àquela mulher frágil e sofredora que passava noites insones e longos períodos no sanatório. E lamentou. Porque agora, se tivesse tido um filho, um filho já crescido com quem sentar-se à mesa e falar, não precisaria falar com aquele retrato que aludia a uma viagem distante da qual mal se lembrava. E disse: bom, que se há de fazer?, que era a sua fórmula de despedida do retrato da mulher. Depois foi à cozinha, sentou-se à mesa e tirou a tampa que cobria a frigideira com o bife rolê. Estava frio, mas não tinha vontade de esquentá-lo. Comia-o sempre assim, do jeito que a zeladora o deixava: frio. Comeu rapidamente, foi ao banheiro, lavou as axilas, trocou de camisa, colocou uma gravata preta e pôs um pouco de perfume espanhol que restava num frasco comprado em mil novecentos e vinte e sete, em Madri. Depois vestiu um paletó cinza e saiu para ir à praça da Alegria, porque já eram nove da noite, afirma Pereira.

3

Pereira afirma que, naquela noite, a cidade parecia estar nas mãos da polícia. Encontrou-a por toda parte. Tomou um táxi até o Terreiro do Paço, e, sob os pórticos, havia caminhonetes e agentes com mosquetes. Talvez temessem manifestações ou concentrações nas praças; por isso vigiavam os pontos estratégicos da cidade. Ele teria gostado de prosseguir a pé, porque seu cardiologista lhe havia recomendado exercício, mas não teve coragem de passar diante daqueles militares sinistros; assim, tomou o bonde que percorria a rua dos Fanqueiros e cujo ponto final ficava na praça da Figueira, onde ele desceu, afirma, encontrando mais polícia. Dessa vez, teve que passar diante dos pelotões, e isso lhe provocou um ligeiro mal-estar. Ao passar, ouviu um oficial dizendo a seus soldados: e lembrem-se, rapazes, de que os subversivos sempre estão armando emboscadas, é bom ficar de olhos bem abertos.

Pereira olhou à sua volta, como se aquele conselho tivesse sido dirigido a ele, e não lhe pareceu haver necessidade de ficar de olhos bem abertos. A avenida da Liberdade estava tranquila, o quiosque dos sorvetes, aberto, e algumas pessoas tomavam ar fresco às mesinhas. Ele começou a passear tranquilamente pela calçada central e, àquela altura, afirma, começou a ouvir a música. Era uma música doce e melancólica, de guitarras de Coimbra, e achou estranha aquela combinação, de música e polícia. Pensou que viesse da praça da Alegria e de fato assim era, porque, à medida que se aproximava, a música aumentava de intensidade.

Não parecia mesmo a praça de uma cidade em estado de sítio, afirma Pereira, porque não viu polícia, aliás, viu somente um guarda noturno que lhe pareceu bêbado e que cochilava num banco. A praça estava enfeitada com festões de papel, com luzinhas coloridas amarelas e verdes, presas em fios pendurados de uma janela à outra. Havia umas mesinhas ao ar livre e alguns casais dançavam. Depois viu uma faixa, pendurada em duas árvores da praça, em que havia uma inscrição enorme: "Salve Francisco Franco". E abaixo, em letras menores: "Salve os militares portugueses na Espanha".

Afirma Pereira que só naquele instante compreendeu tratar-se de uma festa salazarista, e que por isso não necessitava ser vigiada pela polícia. E só então percebeu que muitas pessoas estavam de camisa verde e lenço no pescoço. Parou aterrorizado, e num só instante pensou em várias coisas diferentes. Pensou que talvez Monteiro Rossi fosse um deles, pensou no carroceiro alentejano que havia manchado de sangue seus melões, pensou no que diria o padre António se o visse naquele lugar. Pensou em tudo isso e sentou-se no banco onde o guarda noturno dormitava, e deixou-se levar por seus pensamentos. Ou melhor, deixou-se levar pela música, porque a música, apesar de tudo, lhe agradava. Havia dois velhinhos tocando, viola um, guitarra o outro, e tocavam músicas pungentes da Coimbra de sua juventude, de quando era estudante universitário e pensava na vida como num porvir radiante. Naquela época, ele também tocava viola nas festas estudantis, e era magro e ágil, e as moças se apaixonavam por ele. Tantas moças bonitas loucas por ele. E ele, no entanto, apaixonara-se por uma mocinha frágil e pálida, que escrevia poesias e vivia com dor de cabeça. Depois pensou em outras coisas de sua vida, mas essas Pereira não quer relatar, porque afirma que são dele e somente dele e que não acrescentam nada àquela noite e àquela festa onde tinha ido parar contra sua vontade. E depois, afirma Pereira, a certa altura viu um jovem alto e esbelto usando uma camisa clara levantar-se de uma mesinha e se enfiar no meio dos dois músicos velhinhos. E, sabe-se lá por quê, sentiu um aperto no coração, talvez porque lhe pareceu reconhecer-se naquele jovem, lhe pareceu reencontrar a si próprio dos tempos de Coimbra, porque de algum modo se parecia com ele, não nos traços, mas nos movimentos, e um pouco nos cabelos, que lhe caíam num cacho sobre a testa. E o jovem começou a cantar uma canção italiana,

O sole mio, da qual Pereira não compreendia as palavras, mas era uma canção cheia de força e de vida, bonita e clara, e ele compreendia apenas as palavras "o sole mio" e mais nada, e enquanto isso o jovem cantava. Um pouco de brisa atlântica soprava de novo, a noite estava fresca, e tudo lhe pareceu bonito, a sua vida passada da qual não quer falar, Lisboa, a abóbada do céu, que se via acima das luzinhas coloridas, e sentiu uma grande saudade, mas não quer dizer de quê, Pereira. De qualquer modo compreendeu que aquele jovem que cantava era a pessoa com quem havia falado pelo telefone à tarde; assim, quando ele terminou de cantar, Pereira levantou-se do banco, porque a curiosidade era mais forte do que suas reservas, dirigiu-se à mesinha e disse ao jovem: o senhor Monteiro Rossi, imagino. Monteiro Rossi foi levantar-se, esbarrou na mesinha, o caneco de cerveja que estava diante dele caiu manchando completamente as belas calças brancas. Peço-lhe desculpas, balbuciou Pereira. Eu é que sou estabanado, disse o jovem, acontece-me muito, o senhor é o doutor Pereira do *Lisboa*, imagino, por favor, sente-se. E estendeu-lhe a mão.

Afirma Pereira que se sentou à mesinha sentindo-se constrangido. Pensou consigo mesmo que aquele não era seu lugar, que era absurdo encontrar um desconhecido naquela festa nacionalista, que padre António não aprovaria seu comportamento; e que desejou já estar de volta em sua casa e falar com o retrato de sua mulher para lhe pedir desculpas. E foi tudo isso que estava pensando que o encorajou a fazer uma pergunta direta, só para começar a conversa, e, sem pensar demais, foi logo perguntando a Monteiro Rossi: esta é uma festa da juventude salazarista, o senhor é da juventude salazarista?

Monteiro Rossi ajeitou o cacho que lhe caía na testa e respondeu: sou formado em filosofia, interesso-me por filosofia e literatura, mas o que isso tem a ver com o *Lisboa*? Tem a ver, afirma ter dito Pereira, porque nós fazemos um jornal livre e independente, e não queremos nos meter com política.

Enquanto isso os dois velhinhos recomeçavam a tocar, de suas cordas melancólicas tiravam uma canção franquista, mas Pereira, apesar do incômodo, àquela altura compreendeu que já estava no jogo e que tinha que jogar. E, estranhamente, compreendeu que tinha condições de fazê-lo, que a situação estava em suas mãos, porque ele era o doutor Pereira do *Lisboa* e o jovem que estava à sua frente pendia dos seus lábios. Assim, disse: li seu artigo sobre a morte, pareceu-me muito interessante. Minha tese foi sobre a morte, respondeu Monteiro Rossi, mas deixe-me dizer que não é só coisa minha, aquela matéria que a revista publicou, eu a copiei, confesso-lhe, parte de Feuerbach e parte de um espiritualista francês, e nem sequer o meu professor percebeu, sabe, os professores são mais ignorantes do que se acredita. Pereira afirma que pensou duas vezes antes de fazer a pergunta que havia preparado a noite toda, mas afinal se decidiu, e antes pediu uma bebida ao jovem garçom de camisa verde que os servia. Desculpe-me, disse a Monteiro Rossi, mas eu não tomo bebidas alcoólicas, só bebo limonadas, vou querer uma. E, bebericando sua limonada, perguntou em voz baixa, como se alguém pudesse ouvi-lo e censurá-lo: mas o senhor, bem, desculpe, eis o que gostaria de perguntar, o senhor está interessado na morte?

Monteiro Rossi sorriu escancarado, e isso o deixou constrangido, afirma Pereira. Mas o que é isso, doutor Pereira, exclamou Monteiro Rossi em voz alta, eu estou interessado é na vida. E depois continuou em voz mais baixa: ouça, doutor Pereira, estou farto da morte, há dois anos morreu minha mãe, que era portuguesa e era professora, morreu de um dia para o outro, por causa de um aneurisma cerebral, palavra complicada para dizer de uma veia que estoura, enfim, de um troço; no ano passado morreu meu pai, que era italiano e que trabalhava como engenheiro naval nas docas dos portos de Lisboa, deixou-me algo, mas esse algo já acabou, ainda tenho uma avó que mora na Itália, mas eu não a vejo desde que tinha doze anos e não tenho vontade de ir à Itália, parece-me que a situação lá é ainda pior do que a nossa, estou farto de morte, doutor Pereira, desculpe-me a franqueza, mas, afinal, por que a pergunta?

Pereira tomou um gole de sua limonada, secou os lábios com as costas da mão e disse: simplesmente porque num jornal é preciso fazer os elogios fúnebres dos escritores ou um necrológio sempre que um escritor importante morre, e o necrológio não pode ser feito de uma hora para a outra, é preciso que já esteja pronto, e eu procuro alguém que escreva necrológios antecipados para os grandes escritores de nossa época, imagine se amanhã morresse Mauriac, como eu sairia dessa?

Pereira afirma que Monteiro Rossi pediu mais uma cerveja. Desde que chegara, o jovem já tinha bebido pelo menos três; àquela altura, em sua opinião, devia estar já meio alto, ou pelo menos um pouco alegre. Monteiro Rossi ajeitou o cacho que lhe caía na testa e disse: doutor Pereira, eu falo bem muitos idiomas e conheço os escritores de nossa época; gosto da vida, mas, se o senhor quer que eu fale da morte e me pagar por isso, assim como me pagaram esta noite para que eu cantasse uma canção napolitana, posso fazê-lo, e para depois de amanhã lhe escrevo um elogio fúnebre de García Lorca, o que o senhor me diz de García Lorca?, afinal inventou a vanguarda espanhola, assim como nosso Pessoa inventou o modernismo português, e além disso é um artista completo, tratou de poesia, de música e de pintura.

Pereira afirma ter respondido que García Lorca não lhe parecia o personagem ideal, de qualquer modo poderia tentar, desde que falasse dele comedidamente e com cautela, referindo-se exclusivamente à sua figura de artista, sem tocar em outros aspectos que poderiam ser delicados, dada a situação. E então, com a maior naturalidade possível, Monteiro Rossi disse: ouça, desculpe-me por dizer isso, eu lhe preparo o elogio fúnebre de García Lorca, mas o senhor não poderia me adiantar algo?, preciso comprar umas calças novas, estas ficaram todas manchadas, e amanhã tenho que sair com uma garota, que vem me encontrar daqui a pouco e que conheci na universidade, é uma colega e gosto muito dela, queria levá-la ao cinema.

4

A moça que chegou, afirma Pereira, usava um chapéu de palha. Era muito bonita, de pele clara, olhos verdes e braços torneados. Usava um vestido com alças que cruzavam nas costas realçando seus ombros suaves e bem-marcados.

Esta é Marta, disse Monteiro Rossi, Marta, apresento-lhe o doutor Pereira do *Lisboa*, acaba de me contratar, daqui em diante sou um jornalista, como você vê, consegui um trabalho. E ela disse: muito prazer, Marta. Em seguida, dirigindo-se a Monteiro Rossi, disse: sabe-se lá por que eu vim a um lugar destes, mas, já que estou aqui, por que você não me convida para dançar, seu tonto, que a música é convidativa e a noite está maravilhosa?

Pereira ficou sozinho à mesa, afirma, pediu outra limonada e sorveu-a em pequenos goles olhando os jovens que dançavam lentamente, de rostos colados. Afirma Pereira que naquele momento pensou de novo em sua vida passada, nos filhos que nunca tivera, mas sobre esse assunto não quer declarar nada mais. Depois da dança, os jovens voltaram à mesa, e Marta, como se falasse de outro assunto qualquer, disse: hoje comprei o *Lisboa*, infelizmente não fala do alentejano que a polícia massacrou em cima de sua carreta, fala de um iate americano, não é uma notícia interessante, creio eu. E Pereira, que sentiu um injustificado sentimento de culpa, respondeu: o diretor está de férias, está nas termas, eu trato apenas da página cultural, porque, sabe?, o *Lisboa* a partir da próxima semana terá uma página cultural, eu a dirijo.

Marta tirou o chapéu, apoiando-o sobre a mesa. Do chapéu saiu uma cascata de cabelos castanhos de reflexos ruivos, afirma Pereira, parecia alguns anos mais velha que seu companheiro, uns vinte e seis, vinte e sete anos talvez, e então ele perguntou: e a senhora, o que faz da vida? Escrevo cartas comerciais para uma firma de importação e exportação, respondeu Marta, trabalho só pela manhã, assim à tarde posso ler, passear e às vezes ver Monteiro Rossi. Pereira afirma ter estranhado que ela chamasse o jovem de Monteiro Rossi, com nome e sobrenome, como se fossem apenas colegas; de qualquer modo não se manifestou e mudou de assunto dizendo, falando por falar: pensei que fosse da juventude salazarista. E o senhor?, retrucou Marta. Oh!, disse Pereira, minha juventude já se foi há um bom tempo; quanto à política, sem contar que não me interessa muito, não gosto de pessoas fanáticas, o mundo parece-me cheio de fanáticos. É preciso distinguir entre fanatismo e fé, respondeu Marta, porque se pode ter como ideal, por exemplo, que os homens sejam livres e iguais, e até irmãos, desculpe-me, no fundo estou recitando a Revolução Francesa, o senhor acredita na Revolução Francesa? Teoricamente, sim, respondeu Pereira; e arrependeu-se daquele teoricamente, porque queria ter dito: na prática, sim; mas no fundo havia dito o que pensava. E àquela altura os dois velhinhos da viola e da guitarra começaram a tocar uma valsa em fá, e Marta disse: doutor Pereira, gostaria de dançar esta valsa com o senhor. Pereira levantou-se, afirma, deu-lhe o braço e levou-a à pista de dança. E dançou aquela valsa quase com enlevo, como se sua barriga e sua carne toda tivessem desaparecido por encanto. E enquanto isso olhava para o céu acima das luzinhas coloridas da praça da Alegria, e sentiu-se minúsculo, confundido com o universo. Há um homem gordo e de idade avançada que dança com uma jovem numa praça qualquer do universo, pensou, e enquanto isso os astros giram, o universo está em movimento, e talvez alguém nos olhe de um observatório infinito. Depois voltaram à mesa, e Pereira, afirma, pensava: por que não tive filhos? Pediu outra limonada, pensando que iria lhe fazer bem porque naquela tarde, com aquele calor insuportável, tinha tido problemas de intestino. E enquanto isso Marta conversava como se estivesse completamente à vontade, e dizia: Monteiro Rossi falou de seu projeto jornalístico, parece-me uma boa ideia, haveria uma porção de escritores que bem que estaria na hora que se fossem, por sorte aquele insuportável Rapagnetta que se fazia chamar D'Annunzio foi-se há alguns meses, mas mesmo aquele carola do Claudel, dele também já chega, não acha?, e, claro, seu jornal, que me parece de tendência católica, falaria dele com prazer, e depois aquele reles do Marinetti, aquele sujeito horroroso, depois de ter cantado a guerra e a artilharia, alinhou-se com os camisas negras de Mussolini, seria bom que ele também empacotasse. Pereira começou a suar ligeiramente, afirma, e sussurrou: senhorita, abaixe o tom de voz, não sei até que ponto se dá conta de onde estamos. E então Marta colocou de volta seu chapéu e disse: bem, eu estou farta deste lugar, está me enervando, o senhor verá, daqui a pouco vão entoar marchas militares, é melhor que eu o deixe com Monteiro Rossi, certamente têm coisas a discutir; quanto a mim, vou até o Tejo, preciso respirar ar fresco, boa noite e até logo.

Afirma Pereira que se sentiu aliviado, terminou sua limonada e ficou tentado a tomar outra, mas estava indeciso, porque não sabia quanto tempo ainda Monteiro Rossi planejava ficar. Assim perguntou: o que me diz de tomarmos mais uma? Monteiro Rossi concordou, disse que tinha a noite toda à disposição e que estava com vontade de falar de literatura, pois ele tinha tão poucas oportunidades, em geral falava de filosofia, só conhecia pessoas que se interessavam exclusivamente por filosofia. E àquela altura Pereira lembrou-se de uma frase que seu tio, literato fracassado, sempre lhe dizia, e proferiu-a. Disse: a filosofia parece só tratar da verdade, mas talvez só diga fantasias, e a literatura parece só tratar de fantasias, mas talvez diga a verdade. Monteiro Rossi sorriu e disse que parecia uma bela definição para as duas disciplinas. Assim, Pereira perguntou: e o que acha de Bernanos? Monteiro Rossi pareceu um pouco desorientado, de início, e perguntou: o escritor católico? Pereira assentiu com um sinal de cabeça, e Monteiro Rossi disse em voz baixa: ouça, doutor Pereira, eu, como disse hoje ao telefone, não penso muito na morte, e tampouco penso muito no catolicismo, sabe? Meu pai era engenheiro naval, era um homem prático, acreditava no progresso e na técnica, deu-me uma educação desse tipo, era italiano, é verdade, mas talvez tenha me educado um pouco à inglesa, com uma visão pragmática da realidade; eu gosto de literatura, mas talvez nossos gostos não coincidam, pelo menos no que concerne a certos escritores, mas preciso muito de trabalho e estou disposto a fazer os necrológios antecipados de todos os escritores que o senhor desejar, aliás, que a direção do seu jornal desejar. Foi então que Pereira, afirma Pereira, teve um repente de orgulho. Achou irritante aquele jovem dar-lhe lições de ética profissional, numa palavra, achou-o arrogante. E então decidiu também assumir um tom arrogante e respondeu: eu não dependo do meu diretor em minhas escolhas literárias, a página cultural sou eu quem dirige, e eu mesmo escolho os escritores que me interessam, por isso resolvo entregar-lhe a tarefa deixando a seu critério, queria sugerir Bernanos e Mauriac, porque gosto deles, mas, a essa altura, eu não decido mais nada, a decisão fica por sua conta, faça o que quiser. Afirma Pereira que na mesma hora se arrependeu por se expor daquele modo, colocando sua pele em risco com o diretor por deixar tão à vontade aquele rapaz que não conhecia e que havia candidamente confessado ter copiado sua tese. Por um instante se sentiu encurralado, compreendeu que se metera numa situação idiota por suas próprias mãos. Mas felizmente Monteiro Rossi retomou a conversa e começou a falar de Bernanos, que parecia conhecer bastante bem. E depois disse: Bernanos é um homem corajoso, não tem medo de falar dos subterrâneos de sua alma. E àquela palavra, alma, Pereira sentiu recobrar-se, afirma, foi como se um bálsamo o tivesse aliviado de uma doença, e então perguntou meio estupidamente: acredita na ressurreição da carne? Nunca pensei nisso, respondeu Monteiro Rossi, não é um problema que me interessa, asseguro-lhe que não é um problema que me interessa, poderia ir amanhã à redação, poderia até preparar um necrológio antecipado de Bernanos, mas francamente preferiria um elogio fúnebre de García Lorca. Claro, disse Pereira, a redação sou eu, estou na rua Rodrigo da Fonseca, sessenta e seis, perto da Alexandre Herculano, bem próximo do açougue kosher, se encontrar a zeladora nas escadas não se abale, é uma megera, diga que tem hora marcada com o doutor Pereira, e não fale demais com ela, deve ser uma informante da polícia.

Pereira afirma não saber por que disse isso, talvez porque simplesmente detestasse a zeladora e a polícia salazarista, o fato é que teve vontade de dizê-lo, mas não foi para criar uma cumplicidade fictícia com aquele jovem que ainda não conhecia: não foi por isso, o motivo exato ele não sabe, afirma Pereira.

5

Na manhã seguinte, quando Pereira se levantou, afirma, encontrou uma omelete de queijo entre duas fatias de pão. Eram dez horas, e a faxineira chegava às oito. Evidentemente, tinha-a preparado para que a levasse consigo à redação para a hora do almoço, Piedade conhecia muito bem seus gostos, e Pereira adorava omelete de queijo. Bebeu uma xícara de café, tomou um banho, vestiu o paletó, mas decidiu não usar gravata. Mesmo assim, colocou-a no bolso. Antes de sair, parou diante do retrato de sua mulher e disse: encontrei um rapaz que se chama Monteiro Rossi e decidi contratá-lo como colaborador externo para fazer os necrológios antecipados, eu achava que fosse muito esperto, mas, longe disso, parece-me um tanto embasbacado, poderia ter a idade de nosso filho, se tivéssemos tido um, ele se parece um pouco comigo, tem um cacho de cabelo que lhe cai na testa, você se lembra de quando eu também tinha um cacho de cabelo que me caía na testa?, era na época de Coimbra, bem, não sei o que pensar, veremos, hoje virá ter comigo na redação, disse que vai trazer um necrológio, tem uma bela namorada que se chama Marta e que tem cabelos cor de cobre, mas banca por demais a despachada e fala de política, que se há de fazer?, vamos ver o que acontece.

Tomou o bonde até a rua Alexandre Herculano e depois, já um pouco cansado, voltou subindo a pé até a rua Rodrigo da Fonseca. Quando chegou diante do portão, estava encharcado de suor, porque o dia estava tórrido. No átrio, como de costume, encontrou a zeladora, que disse: bom dia, doutor Pereira. Pereira cumprimentou-a com um aceno de cabeça e subiu as escadas. Logo que entrou na redação, tirou o paletó e ligou o ventilador. Não sabia o que fazer e já era quase meio-dia. Pensou em comer seu pão com omelete, mas ainda era cedo. Então lembrou--se da rubrica "Efemérides" e se pôs a escrever. "Há três anos desaparecia o grande poeta Fernando Pessoa. Era de cultura inglesa, mas decidira escrever em português porque afirmava que a sua pátria era a língua portuguesa. Deixou-nos belíssimas poesias dispersas em revistas e um poemeto, *Mensagem*, que é a história de Portugal na visão de um grande artista que amava a sua pátria." Releu o que tinha escrito e achou repugnante, a palavra é repugnante, afirma Pereira. Então jogou o papel no cesto e escreveu: "Fernando Pessoa deixou-nos há três anos. Poucos o perceberam, quase ninguém. Viveu em Portugal como um estrangeiro, talvez porque fosse um estrangeiro em todo lugar. Vivia só, em modestas pensões ou quartos de aluguel. Lembram-no os amigos, os companheiros, os que amam a poesia."

Depois pegou o pão com omelete e deu uma mordida. Naquele momento ouviu baterem à porta, escondeu o pão com omelete na gaveta, limpou a boca com uma folha de papel marcado da máquina de escrever e disse: entre. Era Monteiro Rossi. Bom dia, doutor Pereira, disse Monteiro Rossi, desculpe-me, talvez esteja adiantado, mas lhe trouxe algo, enfim, ontem à noite, quando cheguei em casa, veio-me uma inspiração, e depois pensei que talvez aqui no jornal se poderia comer algo. Pereira explicou com paciência que aquela sala não era o jornal, era apenas uma redação cultural isolada, e que ele, Pereira, era a redação cultural, achava já lhe ter explicado, era apenas uma sala com uma escrivaninha e um ventilador, porque o *Lisboa* era um pequeno jornal da tarde. Monteiro Rossi sentou-se e puxou uma folha dobrada em quatro. Pereira pegou-a e leu-a. Impublicável, afirma Pereira, era um artigo realmente impublicável. Descrevia a morte de García Lorca, e começava assim: "Há dois anos, em obscuras circunstâncias, deixou-nos o grande poeta espanhol

Federico García Lorca. Pensa-se em seus adversários políticos, porque foi assassinado. O mundo todo ainda se pergunta como pode acontecer uma barbaridade dessas."

Pereira ergueu a cabeça do papel e disse: caro Monteiro Rossi, o senhor é um perfeito romancista, mas meu jornal não é um lugar próprio para escrever romances, nos jornais se escrevem fatos que correspondem à verdade ou que se assemelham à verdade, de um escritor o senhor não deve dizer como morreu, em quais circunstâncias e por quê, deve simplesmente dizer que morreu e depois deve falar da sua obra, dos romances e das poesias, e fazer, sim, um necrológio, mas no fundo tem de fazer uma crítica, um retrato do homem e da obra, o que o senhor escreveu é completamente inutilizável, a morte de García Lorca ainda é misteriosa, e se as coisas não aconteceram assim?

Monteiro Rossi contestou que Pereira não tinha terminado de ler o artigo, mais adiante falava da obra, da figura, da estatura do homem e do artista. Pereira, pacientemente, seguiu adiante na leitura. Perigoso, afirma, o artigo era perigoso. Falava da profunda Espanha, da catolicíssima Espanha que García Lorca tinha tomado como alvo para suas flechadas em *A casa de Bernarda Alba*, falava da "Barraca", o teatro ambulante que García Lorca tinha levado ao povo. E aí havia todo um elogio do povo espanhol, com sede de cultura e de teatro, que García Lorca havia saciado. Pereira ergueu a cabeça do artigo, afirma, ajeitou os cabelos, arregaçou as mangas da camisa e disse: caro Monteiro Rossi, permita-me ser franco, seu artigo é impublicável, realmente impublicável. Eu não posso publicá-lo, mas nenhum jornal português poderia fazê-lo, nem mesmo um jornal italiano; visto que a Itália é seu país de origem, há duas hipóteses: ou o senhor é um irresponsável, ou um provocador, e o jornalismo que se faz hoje em dia em Portugal não prevê nem irresponsáveis nem provocadores, e isso é tudo.

Afirma Pereira que, enquanto dizia isso, sentia um fio de suor a escorrer pelas costas. Por que começou a suar? Sabe-se lá. Não sabe dizer com precisão. Talvez porque fizesse um calor insuportável, isso sem dúvida, e o ventilador não dava conta de refrescar aquela sala estreita. Mas também porque, talvez, sentisse pena daquele jovem que o olhava com ar embasbacado e decepcionado e que tinha começado a roer uma unha enquanto ele falava. Assim, não teve coragem de dizer: que se há de fazer?, era uma prova, mas não deu certo, até logo. Ao contrário, ficou olhando para Monteiro Rossi de braços cruzados, e Monteiro Rossi disse: vou escrevê-lo outra vez, vou escrevê-lo para amanhã. Ah! não, Pereira encontrou forças para dizer, nada de García Lorca, por favor, há muitos aspectos tanto em sua vida quanto em sua morte que não condizem com um jornal como o *Lisboa*, não sei se o senhor se dá conta, caro Monteiro Rossi, que neste momento na Espanha há uma guerra civil, que as autoridades portuguesas são da mesma opinião do general Francisco Franco e que García Lorca era um subversivo, a palavra é esta: subversivo.

Monteiro Rossi levantou-se como se aquela palavra lhe causasse medo, recuou até a porta, parou, deu um passo à frente e depois disse: mas achei que tinha conseguido um trabalho. Pereira não respondeu e sentiu que um fio de suor escorria pelas costas. E, então, o que devo fazer?, sussurrou Monteiro Rossi com uma voz que parecia implorar. Pereira, por sua vez, levantou-se, afirma, e foi-se colocar diante do ventilador. Ficou em silêncio por alguns minutos deixando que o ar fresco secasse a sua camisa. Deve preparar um necrológio de Mauriac, respondeu, ou de Bernanos, a escolha é sua, não sei se me faço entender. Mas eu trabalhei a noite inteira, gaguejou Monteiro Rossi, esperava receber, no fundo não estou pedindo muito, era só para poder almoçar hoje. Pereira queria dizer que na noite anterior já lhe adiantara dinheiro para que ele comprasse umas calças novas, e que evidentemente não podia passar seu dia a lhe dar dinheiro, porque não era seu pai. Queria ser firme e duro. E, ao contrário, disse: se seu problema é o almoço de hoje, pois bem, posso convidá-lo para o almoço, eu também não almocei e estou com fome, gostaria de comer um belo peixe grelhado ou um escalope empanado, o que me diz?

Por que Pereira falou assim? Porque estava sozinho e aquela sala o angustiava, porque realmente tinha fome, porque pensou no retrato de sua mulher, ou por algum outro motivo? Isso não saberia dizer, afirma Pereira.

6

Contudo, Pereira convidou-o para o almoço, afirma, e escolheu um restaurante no Rossio. Pareceu-lhe uma escolha adequada, porque no fundo eram dois intelectuais, e aquele era o café e o restaurante dos literatos, nos anos vinte fora uma glória, em suas mesinhas tinham sido criadas as revistas de vanguarda, enfim, todos iam lá, e talvez alguém ainda fosse.

Desceram em silêncio a avenida da Liberdade e chegaram ao Rossio. Pereira escolheu uma mesinha interna, porque do lado de fora, sob o toldo, estava quente demais. Olhou à sua volta, mas não viu nenhum literato, afirma. Os literatos estão todos fora da cidade, disse para quebrar o silêncio, talvez estejam de férias, uns na praia, outros no campo, só nós ficamos aqui. Talvez estejam simplesmente em suas casas, respondeu Monteiro Rossi, não devem estar com muita vontade de sair por aí, nos tempos que correm. Pereira sentiu certa melancolia, afirma, pensando naquela frase. Compreendeu que estavam sós, que não havia ninguém por ali com quem dividir sua angústia, estavam, no restaurante, duas senhoras de chapéu e, num canto, quatro homens de ar sinistro. Pereira escolheu uma mesa isolada, ajeitou o guardanapo no colarinho da camisa, como sempre fazia, e pediu vinho branco. Estou com vontade de tomar um aperitivo, foi explicando a Monteiro Rossi, habitualmente não tomo bebidas alcoólicas, mas agora estou precisando de um aperitivo. Monteiro Rossi pediu um chope, e Pereira perguntou se não gostava de vinho branco. Prefiro cerveja, respondeu Monteiro Rossi, é mais fresca e mais leve, e além disso não sou entendido em vinhos. Pena, sussurrou Pereira, se quiser tornar-se um bom crítico, tem que refinar seus gostos, tem que se aprimorar, tem que aprender a conhecer os vinhos, a cozinha, o mundo. E depois acrescentou: e a literatura. E àquela altura Monteiro Rossi segredou: tenho algo a lhe confessar, mas falta-me coragem. Pode falar, disse Pereira, vou me fazer de desentendido. Mais tarde, disse Monteiro Rossi.

Pereira pediu um dourado grelhado, afirma, e Monteiro Rossi um gaspacho e depois um arroz com mariscos. O arroz chegou numa enorme tigela de barro, e Monteiro Rossi repetiu três vezes, afirma Pereira, comeu tudo, e era uma porção enorme. E depois ajeitou o cacho de cabelo da testa e disse: eu tomaria um sorvete ou então um simples picolé de limão. Pereira calculou mentalmente quanto custaria aquele almoço e chegou à conclusão de que boa parte de seu salário semanal ia-se naquele restaurante, onde tinha pensado encontrar os literatos de Lisboa e onde, ao contrário, havia duas velhinhas de chapéu e quatro indivíduos sinistros numa mesa de canto. Começou a suar de novo e tirou o guardanapo do colarinho da camisa, pediu uma água mineral gelada e um café, depois fitou Monteiro Rossi bem nos olhos e disse: e agora confesse o que estava querendo me confessar antes do almoço. Afirma Pereira que Monteiro Rossi ficou olhando para o teto, depois olhou para ele, mas desviou de seu olhar, depois deu uma tossidela e enrubesceu como uma criança e respondeu: sinto-me um pouco constrangido, desculpe-me. Não há nada de que ter vergonha neste mundo, disse Pereira, desde que não se tenha roubado ou desonrado pai e mãe. Monteiro Rossi secou a boca com o guardanapo como se quisesse impedir as palavras de sair, ajeitou o cacho de cabelo na testa e disse: não sei como dizer, eu sei que o senhor exige profissionalismo, que eu deveria pensar com a cabeça, mas o fato é que preferi seguir outras razões. Explique melhor, sugeriu Pereira. Bem, gaguejou Monteiro Rossi, bem, a verdade é que, a verdade é que segui as razões do coração, talvez não devesse fazê-lo, talvez eu nem mesmo quisesse fazê-lo, mas foi mais forte do que eu, juro que eu conseguiria escrever um necrológio sobre García Lorca com as razões da inteligência, mas foi mais forte do que eu. Secou novamente a boca no guardanapo e acrescentou: e, além disso, estou apaixonado por Marta. E o que isso tem a ver?, contestou Pereira. Não sei, respondeu Monteiro Rossi, talvez não tenha nada a ver, mas essa também é uma razão do coração, não acha?, a seu modo esse também é um problema. O problema é que não deveria se meter em problemas maiores do que o senhor, Pereira gostaria de ter respondido. O problema é que o mundo é um problema e, claro, não seremos nós a resolvê-lo, Pereira gostaria de ter dito. O problema é que o senhor é jovem, jovem demais, poderia ser meu filho, Pereira gostaria de ter respondido, mas não gosto que o senhor me tome por seu pai, não estou aqui para resolver suas contradições. O problema é que entre nós deve haver uma relação correta e profissional, Pereira gostaria de ter dito, e o senhor tem que aprender a escrever, do contrário, escrevendo com as razões do coração, o senhor estará indo ao encontro de grandes complicações, posso lhe garantir.

Mas não disse nada disso. Acendeu um charuto, secou com o guardanapo o suor que escorria na testa, desabotoou o botão superior da camisa e disse: as razões do coração são as mais importantes, é preciso sempre seguir as razões do coração, os dez mandamentos não dizem isso, mas eu lhe digo, de qualquer modo é preciso ficar de olhos abertos, apesar de tudo, coração, sim, concordo, mas também olhos bem abertos, caro Monteiro Rossi, e com isso nosso almoço terminou, nos próximos três ou quatro dias não me telefone, deixo-lhe tempo mais que suficiente para refletir e para fazer uma coisa bem-feita, mas bem-feita mesmo, telefone-me no próximo sábado na redação, por volta do meio-dia.

Pereira levantou-se e, estendendo-lhe a mão, disse até logo. Por que disse tudo aquilo quando teria gostado de lhe dizer o contrário, quando teria gostado de repreendê-lo, talvez despedi-lo?

Pereira não sabe dizer. Talvez porque o restaurante estivesse deserto, porque não tivesse visto nenhum literato, porque se sentisse sozinho naquela cidade e precisasse de um cúmplice e de um amigo? Talvez por esses motivos e por outros mais que não saberia explicar. É difícil ter uma convicção precisa quando se fala das razões do coração, afirma Pereira.

7

Na sexta-feira seguinte, quando chegou à redação com seu pacotinho de pão com omelete, Pereira viu, afirma, um envelope despontando da caixa de correspondência do *Lisboa*. Pegou-o e enfiou no bolso. No patamar do primeiro andar encontrou a zeladora, que disse: bom dia, doutor Pereira, chegou uma carta para o senhor, é uma carta expressa, o carteiro a trouxe às nove, eu é que tive de assinar. Pereira resmungou um obrigado entre os dentes e continuou subindo as escadas. Assumi essa responsabilidade, continuou a zeladora, mas não gostaria de ter aborrecimentos, já que não há remetente. Pereira desceu de volta três degraus, afirma, e olhou-a no rosto. Ouça, Celeste, disse Pereira, a senhora é a zeladora, e isso é o suficiente, a senhora é paga para ser zeladora e recebe um salário dos inquilinos deste prédio, entre esses inquilinos há também o meu jornal, mas a senhora tem o defeito de meter o nariz nas coisas que não lhe dizem respeito; portanto, da próxima vez que chegar uma carta expressa para mim, não assine e não olhe nada, diga ao carteiro que passe mais tarde e me entregue pessoalmente. A zeladora encostou na parede a vassoura com que varria o patamar e levou as mãos aos quadris. Doutor Pereira, disse, o senhor acha que pode falar comigo desse modo porque eu sou uma simples zeladora, mas saiba que tenho amizades importantes, pessoas que podem me proteger de sua grosseria. Suponho que sim, aliás, eu sei que sim, afirma ter dito Pereira, e é justamente disso que eu não gosto, e agora até logo.

Quando abriu a porta de sua sala, Pereira sentia-se esgotado e estava molhado de suor. Ligou o ventilador e sentou-se à sua escrivaninha. Pôs o pão com omelete sobre uma folha da máquina de escrever e tirou a carta do bolso. No envelope estava escrito: Doutor Pereira, *Lisboa*, rua Rodrigo da Fonseca, 66, Lisboa. Era uma caligrafia elegante em tinta azul. Pereira deixou a carta ao lado da omelete e acendeu um charuto. O cardiologista proibira-lhe de fumar, mas agora estava com vontade de dar umas tragadas, depois, quem sabe, o apagaria. Pensou que abriria a carta mais tarde, porque no momento precisava organizar a página cultural para o dia seguinte. Pensou em rever o artigo que escrevera sobre Pessoa para a rubrica "Efemérides", mas acabou decidindo que estava bom tal como estava. Então começou a ler o conto de Maupassant que ele próprio traduzira, para verificar se havia alguma correção a fazer. Não encontrou nada. O conto estava perfeito, e Pereira congratulou-se. Isso fez com que se sentisse um pouco melhor, afirma. Depois tirou do bolso do paletó um retrato de Maupassant que tinha encontrado numa revista da Biblioteca Municipal. Era um retrato a lápis, feito por um pintor francês desconhecido. Maupassant tinha um ar desesperado, com a barba desleixada e os olhos perdidos no vazio, e Pereira pensou que era perfeito para acompanhar o conto. Afinal, era um conto de amor e morte, precisava de um retrato que tendesse ao trágico. Precisava de um boxe no meio do texto, com as notas biográficas básicas de Maupassant. Pereira abriu o *Larousse* que estava sobre a mesa e começou a copiar. Escreveu: "Guy de Maupassant, 1850-1893. Herdou do pai, como seu irmão Hervé, uma doença de origem venérea, que o levou antes à loucura e depois, ainda jovem, à morte.

Aos vinte anos participou da guerra franco-prussiana, trabalhou para o Ministério da Marinha. Escritor talentoso, de visão satírica, descreveu em suas novelas as fraquezas e as covardias de certa sociedade francesa. Escreveu também romances de grande sucesso, como *Bel-Ami* e o romance fantástico *Le Horla*. Atingido por uma crise de demência, foi internado na clínica do doutor Blanche, onde morreu pobre e abandonado."

Depois apanhou o pão com omelete e deu umas três ou quatro mordidas. O resto jogou fora porque não tinha fome, estava quente demais, afirma. Àquela altura abriu a carta. Era um artigo datilografado, em papel de seda, e o título dizia: "Desapareceu Filippo Tommaso Marinetti". Pereira sentiu seu coração estremecer porque, sem olhar para a outra página, compreendeu que quem escrevia era Monteiro Rossi e concluiu de imediato que aquele artigo não servia para nada, era um artigo inútil, ele queria um necrológio de Bernanos ou de Mauriac, que provavelmente acreditavam na ressurreição da carne, mas aquele era um necrológio de Filippo Tommaso Marinetti, que acreditava na guerra, e Pereira começou a ler. Decerto era um artigo a ser jogado fora, mas Pereira não o jogou, sabe-se lá por que o guardou, e é por isso que pode apresentá-lo como documento. Começava assim: "Com Marinetti desaparece um violento, porque a violência era sua musa. Começou em 1909 com a publicação de um *Manifesto futurista* num jornal de Paris, manifesto em que exaltava os mitos da guerra e da violência. Inimigo da democracia, belicoso e belicista, exaltou depois a guerra num esquisito poemeto chamado 'Zang Tumb Tumb', uma descrição fônica da guerra na África do colonialismo italiano. E sua fé colonialista levou-o a exaltar a façanha italiana na Líbia. Escreveu, entre outros, um manifesto repugnante: *Guerra, a única higiene do mundo*. As fotografias nos mostram um homem em poses arrogantes, os bigodes de arame e a casaca de acadêmico cheia de medalhas. O fascismo italiano conferiu-lhe muitas medalhas, porque Marinetti foi um feroz partidário do fascismo. Com ele desaparece um personagem pífio, um aguerrido..."

Pereira interrompeu a leitura do texto datilografado e passou para a carta, porque o artigo estava acompanhado de uma carta escrita à mão. Dizia: "Prezado doutor Pereira, segui as razões do coração, mas a culpa não é minha. Afinal, o senhor mesmo me disse que as razões do coração são as mais importantes. Não sei se o necrológio é publicável, e, além do mais, talvez Marinetti dure mais uns vinte anos, quem sabe. De qualquer forma, se o senhor puder me mandar algum, eu ficaria grato. Por enquanto não posso passar pela redação, por motivos que não vou ficar explicando agora. Se quiser me mandar uma pequena quantia a seu critério, pode colocá-la num envelope com meu nome e endereçá-lo à caixa postal 202, Correio Central, Lisboa. Eu entrarei em contato por telefone. Os mais sinceros cumprimentos e felicidades de seu Monteiro Rossi."

Pereira enfiou o necrológio e a carta numa pastinha do arquivo, na qual escreveu: "Necrológios". Depois vestiu o paletó, numerou as páginas do conto de Maupassant, pegou as folhas de cima da mesa e saiu para levar o material à tipografia. Suava, sentia-se incomodado e esperava não encontrar a zeladora pelas escadas, afirma.

8

Naquela manhã de sábado, ao meio-dia em ponto, afirma Pereira, o telefone tocou. Naquele dia, Pereira não havia levado para a redação seu pão com omelete, por um lado porque tentava pular uma refeição de vez em quando, como o cardiologista lhe aconselhara, por outro porque, caso não resistisse à fome, nada lhe impediria de comer uma omelete no Café Orquídea.

Bom dia, doutor Pereira, disse a voz de Monteiro Rossi, aqui é Monteiro Rossi. Esperava seu telefonema, onde está? Não estou na cidade, disse Monteiro Rossi. Desculpe, insistiu Pereira, não está na cidade, mas onde está? Fora da cidade, respondeu Monteiro Rossi. Pereira sentiu-se ligeiramente irritado, afirma, por aquele modo de falar tão cauteloso e formal. Esperava maior cordialidade de Monteiro Rossi, e também maior gratidão, mas conteve sua irritação e disse: mandei algum dinheiro para sua caixa postal. Obrigado, disse Monteiro Rossi, irei retirá-lo. E não disse mais nada. Foi então que Pereira perguntou: quando planeja passar pela redação?, talvez fosse mais apropriado falar pessoalmente. Não sei quando poderei passar aí, retrucou

Monteiro Rossi, na verdade estava justamente lhe escrevendo um bilhete para marcar um encontro num lugar qualquer, mas não na redação, se for possível. Então Pereira acreditou compreender que havia algo errado, afirma, e baixando a voz, como se alguém além de Monteiro Rossi pudesse ouvi-lo, perguntou: algum problema? Monteiro Rossi não respondeu, e Pereira pensou não ter entendido. Algum problema?, insistiu Pereira. De certo modo, sim, disse a voz de Monteiro Rossi, mas não convém falar disso ao telefone, agora mesmo vou lhe escrever um bilhete para marcar um encontro no meio da semana, de fato preciso do senhor, doutor Pereira, de sua ajuda, mas conto pessoalmente, e agora me desculpe, estou ligando de um lugar incômodo e tenho que desligar, tenha paciência, doutor Pereira, falamos disso pessoalmente, até logo.

O telefone fez clique, e Pereira, por sua vez, desligou. Sentia-se inquieto, afirma. Refletiu sobre o que fazer e tomou suas decisões. Para começar, iria tomar uma limonada no Café Orquídea e depois ficaria para comer uma omelete. Em seguida, à tarde, tomaria um trem para Coimbra e chegaria às termas de Buçaco. Claro, acabaria encontrando seu diretor, isso seria inevitável, e Pereira não tinha a menor vontade de falar com ele, mas teria uma boa desculpa para não ficar em sua companhia, porque seu amigo Silva estava nas termas, de férias, e já o havia convidado mais de uma vez. Silva era um velho colega do curso de Coimbra, agora ensinava literatura na universidade daquela cidade, era um homem culto, sensato, tranquilo e solteiro, seria um prazer passar uns dois ou três dias com ele. E além do mais beberia aquela água benfazeja das termas, passearia pelo parque e talvez também fizesse algumas inalações, porque arquejava, em especial quando subia escadas: tinha que respirar pela boca.

Deixou um bilhete afixado na porta: "Voltarei no meio da semana, Pereira". Por sorte não encontrou a zeladora nas escadas e sentiu-se aliviado. Saiu na luz ofuscante do meio-dia e foi andando para o Café Orquídea. Quando passou diante do açougue kosher, viu um ajuntamento de pessoas e parou. Notou que a vitrine estava estilhaçada e a fachada borrada de pichações que o açougueiro estava apagando com tinta branca. Furou a multidão e aproximou-se do açougueiro, conhecia bem o jovem Mayer, conhecera bem seu pai, com quem amiúde tomava uma limonada nos cafés à beira-rio. Depois o velho Mayer morrera e deixara o açougue para o filho David, um jovem grandalhão e corpulento de barriga proeminente apesar da pouca idade, de ar jovial. David, perguntou Pereira aproximando-se, o que aconteceu? Pode ver por si mesmo, doutor Pereira, respondeu David secando no avental de açougueiro as mãos sujas de tinta, vivemos num mundo de vândalos, foram os vândalos. Chamou a polícia?, perguntou Pereira. Imagine!, disse David, imagine! E retomou seu trabalho com a tinta branca. Pereira dirigiu-se ao Café Orquídea e acomodou-se na sala interna, diante do ventilador. Pediu uma limonada e tirou o paletó. Já sabe o que está acontecendo, doutor Pereira? Pereira arregalou os olhos e replicou: O açougue kosher? Que açougue kosher que nada, respondeu Manuel indo-se, há coisas bem piores.

Pereira pediu uma omelete com ervas aromáticas e comeu com calma. O *Lisboa* sairia apenas às dezessete horas, mas ele não teria tempo de lê-lo porque já estaria no trem para Coimbra. Talvez pudesse pedir um jornal da manhã, mas duvidava que os jornais portugueses relatassem o acontecimento a que se referia o garçom. Simplesmente as vozes corriam, iam de boca em boca, para estar informado era preciso perguntar nos cafés, ouvir os bate-papos, era a única maneira de estar atualizado, ou então comprar algum jornal estrangeiro numa revenda da rua do Ouro, mas os jornais estrangeiros, quando chegavam, chegavam com três ou quatro dias de atraso, não adiantava procurar um jornal estrangeiro, o melhor a fazer era perguntar. Mas Pereira não tinha vontade de perguntar nada a ninguém, queria simplesmente ir para as termas, gozar de alguns dias de tranquilidade, falar com o professor Silva, seu amigo, e não pensar nos males do mundo. Pediu outra limonada, mandou vir a conta, saiu, foi ao correio central e passou dois telegramas, um para o hotel das termas reservando um quarto e outro para seu amigo Silva. "Chego a Coimbra no trem da noite PT Se puder me buscar de carro ficarei grato PT Um abraço Pereira."

Depois foi para casa arrumar a mala. Pensou que compraria a passagem diretamente na estação, pois havia tempo de sobra, afirma.

9

Quando Pereira chegou à estação de Coimbra, um maravilhoso pôr do sol pairava sobre a cidade, afirma. Olhou à sua volta na plataforma, mas não viu o amigo Silva. Pensou que o telegrama não tivesse chegado ou então que Silva já tivesse deixado as termas. Em vez disso, quando entrou no átrio da estação, viu Silva sentado num banco, fumando um cigarro. Sentiu-se emocionado e foi ao seu encontro. Já não o via fazia um bom tempo. Silva abraçou-o e pegou a mala. Saíram e dirigiram-se ao carro. Silva tinha um Chevrolet preto de cromados cintilantes, confortável e espaçoso.

O caminho para as termas atravessava uma fileira de colinas cheias de vegetação, e eram curvas e mais curvas. Pereira abriu a janela porque começou a sentir um pouco de enjoo, e o ar fresco fez-lhe bem, afirma. Durante o caminho falaram pouco. Como é que vai?, perguntou Silva. Mais ou menos, respondeu Pereira. Vive sozinho?, perguntou Silva. Vivo sozinho, respondeu Pereira. Eu tenho cá para mim que isso lhe faz mal, disse Silva, você deveria encontrar uma mulher que lhe fizesse companhia e que alegrasse sua vida, eu entendo que você seja muito apegado à lembrança de sua esposa, mas não pode passar o resto da vida cultivando memórias. Estou velho, respondeu Pereira, gordo demais e sou cardíaco. Não é velho coisa nenhuma, disse Silva, você tem a minha idade, e quanto ao resto poderia fazer uma dieta, tirar umas férias, pensar mais em sua saúde. Bom, disse Pereira.

Pereira afirma que o hotel das termas era esplêndido, um edifício branco, um palacete mergulhado num grande parque. Subiu para seu quarto e trocou de roupa. Vestiu um terno claro e uma gravata preta. Silva estava à sua espera no hall, bebericando um aperitivo. Pereira perguntou se vira o diretor. Silva piscou para ele. Sempre janta com uma mulher loira de meia-idade, respondeu, uma cliente do hotel, parece que encontrou companhia. Antes assim, disse Pereira, isso me isenta de conversas formais.

Entraram no restaurante. Era um salão do século XIX, com festões de flores em afresco no teto. A uma mesa no centro, o diretor estava jantando com uma senhora em traje a rigor. O diretor levantou a cabeça e viu-o, em seu rosto desenhou-se uma expressão de espanto e com a mão acenou-lhe para que se aproximasse. Pereira aproximou-se enquanto Silva ia para outra mesa. Boa noite, doutor Pereira, disse o diretor, não esperava vê-lo aqui, abandonou a redação? A página cultural saiu hoje, disse Pereira, não sei se o senhor pôde vê-la porque talvez o jornal ainda não tenha chegado a Coimbra, havia um conto de Maupassant e uma rubrica de que me encarreguei chamada "Efemérides", de qualquer modo ficarei somente uns dois dias, na quarta-feira estarei de volta em Lisboa para preparar a página cultural do próximo sábado. Senhora, queira me desculpar, disse o diretor para sua comensal, apresento-lhe o doutor Pereira, um de meus colaboradores. Em seguida acrescentou: a senhora Maria do Vale Santares. Pereira fez uma mesura com a cabeça. Senhor diretor, disse, queria comunicar-lhe algo, se o senhor não se opuser, eu resolvi contratar um estagiário para me dar uma ajuda, só para fazer os necrológios antecipados dos grandes escritores que podem morrer de uma hora para outra. Doutor Pereira, exclamou o diretor, estou aqui jantando na companhia de uma gentil e sensível senhora, com quem levava uma conversa sobre coisas *amusantes*, e o senhor vem me falar de pessoas prestes a morrer, parece-me pouco fino de sua parte. Desculpe, senhor diretor, afirma ter dito Pereira, não queria ter uma conversa profissional, mas nas páginas da cultura também é preciso prever que algum grande artista possa desaparecer, e, se esse indivíduo desaparecer de repente, torna-se um problema preparar um necrológio de um dia para o outro; aliás, o senhor se lembra de que, há três anos, quando desapareceu T. E. Lawrence, nenhum jornal português falou disso em tempo, todos fizeram seu necrológio uma semana depois, e, se quisermos ser um jornal moderno, é preciso ser tempestivo. O diretor mastigou lentamente o bocado que tinha na boca e disse: está bem, está bem, doutor Pereira, afinal eu lhe deixei plenos poderes para a página cultural, gostaria apenas de saber se o estagiário vai nos custar muito e se é uma pessoa de confiança. Se o problema é esse, parece-me que ele se contenta com pouco, é um jovem modesto, e além disso se formou com uma tese sobre a morte pela Universidade de Lisboa, de morte entende bem. O diretor fez um gesto peremptório com a mão, tomou um gole de vinho e disse: ouça, doutor Pereira, não nos fale mais de morte, por favor, do contrário vai estragar nosso jantar; quanto à página cultural, faça como bem entender, eu confio no senhor, foi repórter policial durante trinta anos, e agora boa noite e bom apetite.

Pereira dirigiu-se à sua mesa e sentou-se diante do amigo. Silva perguntou-lhe se queria um copo de vinho branco, e ele fez sinal que não com a cabeça. Chamou o garçom e pediu uma limonada. O vinho não me faz bem, explicou, foi o cardiologista quem me disse. Silva pediu uma truta com amêndoas, e Pereira um strogonoff de filé, com um ovo fervido por cima. Começaram a comer em silêncio, depois, a certa altura, Pereira perguntou a Silva o que pensava de tudo isso. Tudo isso o quê?, indagou Silva. Tudo, disse Pereira, o que está acontecendo na Europa. Oh! não se preocupe, retrucou Silva, aqui não estamos na Europa, estamos em Portugal. Pereira afirma ter insistido:

sim, acrescentou, mas você lê jornais e ouve rádio, você sabe o que está acontecendo na Alemanha e na Itália, são uns fanáticos, querem destruir o mundo. Não se preocupe, respondeu Silva, estão longe. Está bem, retomou Pereira, mas a Espanha não é longe, é aqui ao lado, e você sabe o que está acontecendo na Espanha, uma carnificina, e, no entanto, existia um governo constitucional, tudo por causa de um general carola. A Espanha também é longe, disse Silva, nós estamos em Portugal. Sei não, disse Pereira, mas aqui também as coisas não vão bem, a polícia manda e desmanda, mata pessoas, há batidas policiais, censuras, este é um Estado autoritário, as pessoas não valem nada, a opinião pública não vale nada. Silva olhou para ele e pousou o garfo. Ouça-me bem, Pereira, disse Silva, você ainda acredita na opinião pública?, pois bem, a opinião pública é um truque inventado pelos anglo-saxões, os ingleses e os americanos, eles é que estão nos esculhambando, desculpe o termo, com essa ideia de opinião pública, nós nunca tivemos o sistema político deles, não temos suas tradições, não sabemos o que são as *trade unions*, somos gente do Sul, Pereira, e obedecemos a quem grita mais alto, a quem manda. Nós não somos gente do Sul, contestou Pereira, temos sangue celta. Mas vivemos no Sul, disse Silva, o clima não favorece nossas ideias políticas, *laissez-faire*, *laissez-passer*, é assim que somos, e depois, ouça, vou dizer uma coisa, eu ensino literatura e de literatura eu entendo, estou preparando uma edição crítica sobre nossos trovadores, as cantigas de amigo, não sei se você se lembra delas da universidade, pois bem, os jovens partiam para a guerra e as mulheres ficavam em casa chorando, e os trovadores recolhiam seus lamentos, o rei era quem mandava, compreende?, o chefe era quem mandava, e nós sempre precisamos de um chefe, ainda hoje precisamos de um chefe. Mas eu sou jornalista, respondeu Pereira. E daí?, disse Silva. E daí que eu tenho de ser livre, disse Pereira, e informar as pessoas de modo correto. Não entendo a conexão, disse Silva, você não escreve artigos de política, você cuida da página de cultura. Pereira, por sua vez, pousou o garfo e colocou os cotovelos na mesa. Ouça bem você, retrucou, imagine que amanhã morra Marinetti, lembra-se de Marinetti? Vagamente, disse Silva. Pois bem, disse Pereira, Marinetti é um calhorda, começou cantando a guerra, fez apologia das carnificinas, é um terrorista, saudou a marcha sobre Roma, Marinetti é um calhorda, e é preciso que eu o diga. Vá para a Inglaterra, disse Silva, lá você poderá dizê-lo o quanto quiser, terá uma porção de leitores. Pereira terminou o último bocado de seu filé. Eu vou é para a cama, disse, a Inglaterra é longe demais. Não vai querer sobremesa?, perguntou Silva, eu vou querer um pedaço de torta. Não é bom eu comer doces, fazem-me mal, explicou, foi o cardiologista quem me disse, e além do mais estou cansado da viagem, obrigado por ter ido me buscar na estação, boa noite e até amanhã.

Pereira levantou-se e foi-se embora sem dizer nem mais uma palavra. Sentia-se muito cansado, afirma.

10

Na manhã seguinte, Pereira acordou às seis horas. Afirma que tomou um café simples, tendo que insistir para consegui-lo, porque o serviço de quarto só começava às sete, e deu um passeio pelo parque. As termas também abriam às sete, e às sete em ponto Pereira estava diante dos portões. Silva não estava, o diretor não estava, não havia praticamente ninguém, e Pereira sentiu-se aliviado, afirma. A primeira coisa que fez foi tomar dois copos de uma água com gosto de ovo podre e sentiu uma náusea indefinida e um remexer de intestinos. Teria gostado de uma bela limonada fresca, porque, apesar de ser muito cedo, já fazia algum calor, mas pensou que não deveria misturar água termal e limonada. Então, foi até a estação termal, onde o fizeram despir-se e colocar um roupão branco. O senhor quer banho de lama ou inalações?, perguntou a funcionária. Os dois, respondeu Pereira. Levaram-no até uma sala onde havia uma banheira de mármore cheia de um líquido marrom. Pereira tirou o roupão e mergulhou na banheira. A lama estava morna e dava uma sensação de bem-estar. A certa altura, entrou um atendente e perguntou-lhe onde deveria massagear. Pereira respondeu que não queria massagens, queria somente o banho, e que desejava ser deixado em paz. Saiu da banheira, tomou uma ducha fresca, vestiu o roupão outra vez e passou para as salas ao lado, onde havia jatos de vapor para as inalações. Diante de cada jato havia pessoas sentadas, de cotovelos apoiados no mármore, respirando os fluxos de ar quente. Pereira encontrou um lugar vago e sentou-se. Respirou profundamente por alguns minutos e mergulhou em seus pensamentos. Recordou-se de Monteiro Rossi e, sabe-se lá por quê, do retrato de sua mulher também. Fazia quase dois dias que não falava com o retrato de sua mulher, e Pereira arrependeu-se de não tê-lo levado consigo, afirma. Então se levantou, foi ao vestiário, vestiu-se, deu o nó na gravata preta, saiu da estação termal e voltou ao hotel. No restaurante, viu o amigo Silva, que tomava um farto desjejum com croissant e café com leite. Por sorte o diretor não estava. Pereira achegou-se a Silva, cumprimentou-o, contou que tinha estado nas termas e disse: por volta do meio-dia há um trem para Lisboa, ficaria grato se você me levasse à estação; se não puder, tomo o táxi do hotel. Como, você já vai?, perguntou Silva, e eu que esperava passar uns dias na sua companhia. Desculpe-me, mentiu Pereira, mas devo estar em Lisboa hoje à noite, amanhã tenho que escrever uma matéria importante, e além disso, você sabe, não é bom ter largado a redação nas mãos da zeladora do edifício, é melhor eu ir. Como quiser, respondeu Silva, vou acompanhá-lo.

Durante o caminho nada disseram. Afirma Pereira que Silva parecia estar aborrecido com ele, mas ele não fez nada para amenizar a situação. Que se há de fazer?, pensou, que se há de fazer? Chegaram à estação por volta das onze e quinze, e o trem já estava na plataforma. Pereira subiu e deu tchau com a mão pela janela do trem. Silva despediu-se com um largo gesto do braço e foi embora, Pereira sentou-se num compartimento onde uma senhora lia um livro.

Era uma senhora bonita, loira, elegante, com uma perna de pau. Pereira sentou-se do lado do corredor, já que ela estava à janela, para não incomodá-la, e notou que estava lendo um livro de Thomas Mann, em alemão. Isso o deixou curioso, mas por ora não disse nada, disse apenas: bom dia, senhora. O trem moveu-se às onze e trinta, e poucos minutos depois passou o funcionário para as reservas no vagão-restaurante. Pereira reservou, afirma, porque sentia o estômago em alvoroço e precisava comer algo. O percurso não era longo, é verdade, mas ele chegaria tarde a Lisboa e não tinha vontade de procurar um restaurante, com aquele calor.

A senhora da perna de pau também reservou um lugar no vagão-restaurante. Pereira notou que ela falava um bom português, com um leve sotaque estrangeiro. Isso aumentou sua curiosidade, afirma, e deu-lhe coragem para fazer seu convite. Senhora, disse, desculpe-me, não gostaria de parecer inconveniente, mas já que somos companheiros de viagem e que ambos fizemos reservas no restaurante, gostaria de lhe propor que comêssemos à mesma mesa, poderíamos conversar um pouco e nos sentiremos talvez menos sós, comer sozinho é melancólico, particularmente no trem. Permita que eu me apresente, sou o doutor Pereira, diretor da página cultural do *Lisboa*, um jornal vespertino da capital. A senhora com a perna de pau abriu um sorriso e estendeu-lhe a mão. Prazer, disse, chamo-me Ingeborg Delgado, sou alemã, mas de origem portuguesa, voltei a Portugal para reencontrar minhas raízes.

O funcionário passou agitando o sininho de chamada para o almoço. Pereira levantou-se e abriu passagem para a senhora Delgado. Não teve coragem de oferecer-lhe o braço, afirma, porque pensou que aquele gesto poderia ferir uma senhora que tinha uma perna de pau. Mas a senhora Delgado se movia com grande agilidade apesar de sua prótese e precedeu-o no corredor. O vagão-restaurante estava próximo de seu compartimento, de modo que não precisaram andar muito. Sentaram-se a uma mesa do lado esquerdo do comboio. Pereira enfiou seu guardanapo no colarinho da camisa e sentiu que deveria pedir desculpas por seu comportamento. Desculpe-me, disse, mas, quando como, sempre sujo a camisa, minha faxineira diz que sou pior que uma criança, espero não lhe parecer um bronco. Do lado de fora da janela escorria a doce paisagem do centro de Portugal: verdes colinas de pinhos, brancas aldeias. De vez em quando, viam-se uns vinhedos e alguns camponeses, como pontinhos pretos, a embelezar a paisagem. Gosta de Portugal?, perguntou Pereira. Gosto, respondeu a senhora Delgado, mas não creio que ficarei por muito tempo, visitei os meus parentes de Coimbra, reencontrei minhas raízes, mas esse não é o país certo para mim e para o povo ao qual pertenço. Estou aguardando o visto da embaixada americana e daqui a pouco, assim espero, partirei para os Estados Unidos. Pereira acreditou compreender e disse: a senhora é judia? Sou judia, disse a senhora Delgado, e a Europa destes tempos não é lugar apropriado para as pessoas de meu povo, em especial a Alemanha, mas nem aqui há muita simpatia, percebo-o pelos jornais, talvez o jornal em que o senhor trabalha seja uma exceção, mesmo sendo tão católico, demasiado católico para quem não é católico. Este país é católico, afirma ter dito Pereira, e eu também sou católico, admito-o, mesmo que a meu modo, infelizmente tivemos a inquisição e isso não é algo de se orgulhar, mas eu, por exemplo, não acredito na ressurreição da carne, não sei se isso pode significar algo. Não sei o que significa, respondeu a senhora Delgado, mas acho que não me diz respeito. Notei que estava lendo um livro de Thomas Mann, disse Pereira, é um escritor que eu adoro. Ele tampouco está feliz com o que está acontecendo na Alemanha, disse a senhora Delgado, eu não diria que está feliz. Eu também talvez não esteja feliz com o que está acontecendo em Portugal, admitiu Pereira. A senhora Delgado tomou um gole de água mineral e disse: mas então faça algo. Algo o quê?, respondeu Pereira. Bem, disse a senhora Delgado, o senhor é um intelectual, diga o que está acontecendo na Europa, expresse seu livre pensamento, enfim, faça algo. Pereira afirma que teria gostado de dizer uma porção de coisas. Teria gostado de responder que acima dele havia o seu diretor, que era um indivíduo do regime, e que, ademais, havia o regime, com sua polícia e sua censura, e que em Portugal todos estavam amordaçados, enfim que não era possível expressar livremente a própria opinião, e que ele passava seu dia numa mísera salinha da rua Rodrigo da Fonseca, na companhia de um ventilador asmático e vigiado por uma zeladora que provavelmente era uma informante da polícia. Mas não disse nada disso, Pereira disse apenas: farei o possível, senhora Delgado, mas não é fácil fazer o possível num país como este para uma pessoa como eu, sabe, eu não sou Thomas Mann, sou apenas um obscuro diretor da página cultural de um modesto jornal vespertino, escrevo algumas efemérides sobre escritores ilustres e traduzo contos franceses do século XIX, mais do que isso não dá para fazer. Compreendo, retrucou a senhora Delgado, mas talvez seja possível fazer tudo, basta querer. Pereira olhou pela janela e suspirou. Estavam perto de Vila Franca, já se podia ver a longa serpente do Tejo. Era bonito aquele pequeno Portugal beijado pelo mar e pelo clima, mas tudo era tão difícil, pensou Pereira. Senhora Delgado, disse, acho que daqui a pouco chegaremos a Lisboa, estamos em Vila Franca, esta é uma cidade de honestos trabalhadores, de operários, nós também, neste pequeno país, temos nossa oposição, é uma oposição silenciosa, talvez porque não tenhamos Thomas Mann, mas é o que podemos fazer, e agora talvez fosse melhor voltarmos à nossa cabine para preparar as bagagens, fiquei feliz por conhecê-la e por passar este tempo com a senhora, permita-me oferecer-lhe o braço, mas não o interprete como um gesto de ajuda, é somente um gesto de cavalheirismo, porque, sabe?, em Portugal somos muito cavalheiros.

Pereira levantou-se e ofereceu o braço à senhora Delgado. Ela aceitou-o com um leve sorriso e ergueu-se com alguma dificuldade daquela mesa estreita. Pereira pagou a conta e deixou algumas moedas de gorjeta. Saiu do vagão-restaurante dando o braço à senhora Delgado, e sentia-se orgulhoso e perturbado ao mesmo tempo, mas não sabia o porquê, afirma Pereira.

11

Afirma Pereira que, na terça-feira seguinte, ao chegar à redação, encontrou a zeladora, que lhe entregou uma carta expressa. Celeste entregou-a com ar irônico e disse: dei suas instruções ao carteiro, mas ele não podia passar mais tarde porque tinha que percorrer o bairro todo; assim, ele deixou esta carta expressa comigo. Pereira pegou-a, fez um sinal de agradecimento com a cabeça e verificou se havia remetente. Por sorte, não havia remetente algum; portanto, Celeste tinha ficado na curiosidade. Mas reconheceu de imediato a tinta azul de Monteiro Rossi e sua caligrafia esvoaçante. Entrou na redação e ligou o ventilador. Em seguida abriu a carta. Dizia: "Prezado Doutor Pereira, infelizmente estou atravessando um mau período. Precisaria falar com o senhor, é urgente, mas prefiro não passar pela redação. Aguardo-o na terça-feira à noite, às oito e trinta, no Café Orquídea, gostaria de jantar com o senhor e contar-lhe meus problemas. Com esperança, seu Monteiro Rossi."

Afirma Pereira que queria preparar um pequeno artigo, da coluna "Efemérides", dedicado a Rilke, que morrera em mil novecentos e vinte e seis, havia doze anos, portanto, do seu desaparecimento. Mas já tinha começado a traduzir um conto de Balzac. Escolhera "Honorine", que era um conto sobre o arrependimento e que ele planejava publicar em três ou quatro partes. Pereira não sabe o porquê, mas acreditava que aquele conto sobre o arrependimento seria uma mensagem na garrafa que alguém recolheria. Porque havia muito do que se arrepender, e um conto sobre o arrependimento vinha em boa hora, e esse era o único meio para transmitir uma mensagem a quem quisesse compreendê-la. Assim apanhou o seu *Larousse*, desligou o ventilador e foi para casa.

Quando chegou de táxi diante da catedral, o calor era espantoso. Pereira tirou a gravata e colocou-a no bolso. Subiu fatigado a rua íngreme que o levava para casa, abriu o portão e sentou-se num degrau. Estava ofegante. Procurou no bolso um comprimido para o coração que o cardiologista lhe prescrevera e engoliu-o sem água. Secou o suor, descansou, refrescou-se naquele portão escuro e depois entrou em casa. A zeladora não lhe deixara nada pronto, viajara para Setúbal, para a casa de parentes, e voltaria só em setembro, como fazia todos os anos. Esse fato, no fundo, afligiu-o. Não gostava de estar só, completamente só, sem ninguém que tomasse conta dele. Passou diante do retrato de sua mulher e disse: volto em dez minutos. Foi para o quarto, despiu-se e preparou-se para o banho. O cardiologista tinha proibido banhos muito frios, mas ele precisava de um banho frio, deixou que a banheira se enchesse de água fria e entrou. Enquanto estava mergulhado na água, acariciou demoradamente o abdome. Pereira, disse a si próprio, outrora sua vida era diferente. Enxugou-se e colocou o pijama. Foi até a entrada, parou diante do retrato de sua mulher e disse: hoje à noite vou ver Monteiro Rossi, não sei por que não o despeço ou não o mando para aquele lugar, ele tem uns problemas e quer despejá-los em cima de mim, isso eu já entendi, o que você me diz? O que devo fazer? O retrato de sua mulher sorriu um sorriso distante. Está bem, disse Pereira, agora vou tirar uma soneca, e depois ouvirei o que aquele jovem quer de mim. E foi deitar-se.

Naquela tarde, afirma Pereira, teve um sonho. Um sonho belíssimo, de sua juventude. Mas prefere não o revelar, porque não se devem revelar os sonhos, afirma. Admite somente que estava feliz e que estava, no inverno, numa praia do Norte, além de Coimbra, em Granja, talvez. Com ele, havia alguém, cuja identidade não quer revelar. O fato é que acordou de bom humor, vestiu uma camisa de mangas curtas, não pegou a gravata, e sim um paletó leve, de algodão, que, porém, não vestiu, levou-o no braço. A noite estava quente, mas, por sorte, havia um pouco de brisa. Na hora, pensou em ir a pé até o Café Orquídea, mas depois lhe pareceu uma loucura. Mesmo assim, desceu até o Terreiro do Paço e o passeio lhe fez bem. Ali, tomou um bonde e chegou até a Alexandre Herculano. O Café Orquídea estava praticamente deserto, Monteiro Rossi não estava, mas na realidade ele é quem estava adiantado. Pereira ajeitou-se numa mesinha interna, próxima do ventilador, e pediu uma limonada.

Quando o garçom chegou, ele perguntou: quais as novas, Manuel? Doutor Pereira, se o senhor, que está no jornalismo, não sabe... respondeu Manuel. Estive nas termas, afirmou Pereira, e não li os jornais, sem falar que pelos jornais nunca se fica sabendo de nada, o melhor é conseguir as notícias de viva voz, por isso estou perguntando, Manuel. Umas barbaridades, doutor Pereira, respondeu o garçom, umas barbaridades. E se foi.

Nesse instante, Monteiro Rossi entrou. Vinha chegando com aquele seu ar constrangido, olhando circunspecto à sua volta. Pereira notou que vestia uma bonita camisa azul de colarinho branco. Comprou-a com meu dinheiro, pensou por um instante Pereira, mas não teve tempo de refletir sobre o fato porque Monteiro Rossi o viu e andou em sua direção. Deram-se um aperto de mão. Sente-se, disse Pereira, Monteiro Rossi sentou-se à mesa e não disse nada. Bem, disse Pereira, o que quer comer?, aqui servem apenas omelete com ervas aromáticas e salada de peixe. Gostaria de pedir duas omeletes com ervas aromáticas, disse Monteiro Rossi, desculpe se pareço descarado, mas hoje não almocei. Pereira pediu três omeletes com ervas aromáticas e depois disse: e agora me conte os seus problemas, já que essa é a palavra que o senhor usou em sua carta. Monteiro Rossi ajeitou o cacho de cabelo que caía em sua testa, e aquele gesto teve sobre Pereira um efeito estranho, afirma. Bom, disse Monteiro Rossi, abaixando a voz, estou encrencado, doutor Pereira, essa é a verdade. O garçom chegou com as omeletes, e Monteiro Rossi mudou de assunto. Disse: mas que calor, hein? Enquanto o garçom os servia, falaram do clima, e Pereira contou que estivera nas termas de Buçaco e, ali, sim, o clima era realmente bom, nas colinas, com todo aquele verde do parque. Depois o garçom deixou-os em paz, e Pereira perguntou: então? Pois então, não sei por onde começar, disse Monteiro Rossi, estou encrencado, o fato é esse. Pereira cortou uma fatia de sua omelete e perguntou: tem a ver com a Marta?

Por que fez essa pergunta, Pereira? Porque realmente pensava que Marta pudesse arranjar problemas para aquele jovem, porque a achara demasiado despachada e petulante, porque teria gostado que tudo fosse diferente, que estivessem na França ou na Inglaterra, onde as moças despachadas e petulantes podiam dizer o que bem entendessem? Isso Pereira não tem condições de dizer, mas o fato é que perguntou: tem a ver com a Marta? Em parte, sim, respondeu Monteiro Rossi em voz baixa, mas não posso culpá-la por isso, ela tem suas ideias e são ideias muito sólidas. E então?, perguntou Pereira. Então que meu primo chegou, respondeu Monteiro Rossi. Não me parece muito grave, respondeu Pereira, todos temos primos. É, disse Monteiro Rossi quase sussurrando, mas meu primo vem da Espanha, está numa brigada, luta do lado dos republicanos, está em Portugal para recrutar voluntários portugueses que queiram fazer parte de uma brigada internacional, na minha casa não pode ficar, ele tem um passaporte argentino e a uma milha de distância dá para ver que é falso, não sei onde instalá-lo, não sei onde escondê-lo. Pereira começou a sentir um fio de suor a lhe escorrer pelas costas, mas se manteve calmo. E então?, perguntou enquanto continuava comendo sua omelete. E então seria preciso que o senhor, disse Monteiro Rossi, seria preciso que o senhor, doutor Pereira, cuidasse disso, que encontrasse para ele uma hospedagem discreta, não importa se clandestina, seja lá o que for, ele não pode ficar em casa porque a polícia talvez já suspeite de algo por causa da Marta, eu posso até estar sendo vigiado. E então?, perguntou mais uma vez Pereira. Então, que do senhor ninguém suspeita, disse Monteiro Rossi, ele só vai ficar uns dias, o tempo de entrar em contato com a resistência, depois volta para a Espanha, o senhor tem que me ajudar, doutor Pereira, tem que procurar uma hospedagem para ele.

Pereira terminou de comer sua omelete, acenou para o garçom e pediu outra limonada. Admira-me seu atrevimento, disse, não sei se percebe o que está me pedindo, e ademais o que eu poderia encontrar? Um quarto de aluguel, disse Monteiro Rossi, uma pensão, um lugar onde façam vista grossa aos documentos, o senhor deve saber de lugares desse tipo, o senhor conhece tantas pessoas.

Conhece tantas pessoas, pensou Pereira. Mas se ele, de todos os que conhecia, não conhecia ninguém, conhecia o padre António, para quem não podia impingir um problema daqueles, conhecia o amigo Silva, que estava em Coimbra e com quem não podia contar, e depois a zeladora da rua Rodrigo da Fonseca, que talvez fosse uma informante da polícia. Mas de repente se recordou de uma pensãozinha na Graça, acima do Castelo, frequentada por casais clandestinos e onde não pediam documentos a ninguém. Pereira conhecia-a porque certa vez o amigo Silva lhe pedira que reservasse um quarto num lugar discreto onde pudesse passar a noite com uma senhora de Lisboa que não podia enfrentar escândalos. E assim disse: cuidarei disso amanhã de manhã, mas não mande nem leve seu primo à redação, por causa da zeladora, leve-o amanhã às onze horas à minha casa, vou lhe dar o endereço, mas nada de telefonemas, por favor, e procure estar junto, talvez seja melhor.

Por que Pereira falou daquele jeito? Porque Monteiro Rossi lhe dava pena? Porque tinha estado nas termas e tinha falado de modo tão decepcionante com o amigo Silva? Porque, no trem, tinha encontrado a senhora Delgado, que lhe dissera que era preciso fazer algo de qualquer modo? Pereira não sabe, afirma. Sabe apenas que compreendeu ter-se metido numa encrenca e que tinha que conversar com alguém. Mas esse alguém não existia por ali, e então pensou que falaria com o retrato de sua mulher, quando chegasse em casa. E de fato assim fez, afirma.

12

Às onze horas em ponto, afirma Pereira, sua campainha tocou. Pereira já tinha tomado o café da manhã, levantara-se cedo, e preparara uma limonada com uns cubinhos de gelo, que deixara num jarro na mesa da sala de jantar. Primeiramente, entrou Monteiro Rossi, que, com ar furtivo, segredou um bom--dia. Pereira fechou a porta um tanto perplexo e perguntou se o primo não viera. Veio, sim, respondeu Monteiro Rossi, mas não quer entrar assim sem mais, mandou-me na frente para ver. Para ver o quê?, perguntou Pereira irritado, estão brincando de polícia e ladrão ou imaginaram encontrar a polícia à sua espera? Oh! não se trata disso, doutor Pereira, desculpou-se Monteiro Rossi, é só que meu primo é tão desconfiado, sabe?, a situação dele não é nada fácil, está aqui para uma tarefa delicada, tem um passaporte argentino e não sabe como se virar. Isso o senhor já me disse ontem à noite, retrucou Pereira, e agora chame-o, por favor, chega dessas idiotices. Monteiro Rossi abriu a porta e fez um sinal que significava adiante. Venha, Bruno, disse em italiano, está tudo bem.

Entrou um homenzinho pequeno e magro. Usava o cabelo à escovinha, tinha uns bigodinhos loiros e vestia um paletó azul. Doutor Pereira, disse Monteiro Rossi, apresento-lhe meu primo Bruno Rossi, mas no passaporte chama-se Bruno Lugones, seria melhor que o senhor sempre o chamasse Lugones. Em que língua devemos falar?, perguntou Pereira, seu primo sabe português? Não, disse Monteiro Rossi, mas sabe espanhol.

Pereira levou-os à sala de jantar e serviu a limonada. O senhor Bruno Rossi nada disse, limitou-se a olhar à sua volta com ar desconfiado. Ao longe, ouviu-se a sirene de uma ambulância, e o senhor Bruno Rossi retesou-se e foi à janela. Diga-lhe que fique calmo, disse Pereira a Monteiro Rossi, aqui não é a Espanha, não estamos numa guerra civil. O senhor Bruno Rossi tornou a se sentar e disse: Perdone la molestia, pero estoy aquí por la causa republicana. Ouça, senhor Lugones, disse Pereira em português, falarei lentamente para que me compreenda, não estou interessado nem na causa republicana nem na causa monárquica, eu dirijo a página cultural de um jornal vespertino e essas coisas não pertencem ao meu mundo, eu vou lhe encontrar um pouso tranquilo, mais do que isso não posso fazer, e o senhor que cuide de não me procurar, porque não quero ter nada a ver nem com o senhor nem com a sua causa. O senhor Bruno Rossi, dirigindo-se ao primo, disse em italiano: não foi assim que você me falou dele, esperava encontrar um companheiro. Pereira entendeu e retrucou: eu não sou companheiro de ninguém, vivo sozinho e gosto de estar sozinho, o meu único companheiro sou eu mesmo, não sei se estou sendo claro, senhor Lugones, já que esse é o nome de seu passaporte. Sim, sim, disse quase gaguejando Monteiro Rossi, mas o fato é que, bem, na verdade precisamos de sua ajuda e de sua compreensão porque precisamos de dinheiro. Explique-se melhor, disse Pereira. Bem, disse Monteiro Rossi, ele está sem dinheiro e, se no hotel lhe pedirem que pague adiantado, nós não vamos poder pagar, por enquanto, mas depois eu mesmo vou cuidar disso, aliás, Marta cuidará disso, seria apenas um empréstimo.

Àquela altura Pereira levantou-se, afirma. Pediu licença e disse: tenham paciência, mas preciso refletir por um instante, peço-lhes alguns minutos. Deixou-os sozinhos na sala de jantar e foi até a entrada. Parou diante do retrato de sua mulher e disse: ouça, o que me preocupa não é tanto o tal Lugones, e sim Marta, eu acho que ela é a responsável por essa história, Marta é a namorada de Monteiro Rossi, aquela de cabelos cor de cobre, acho que já lhe falei dela, pois então, é ela quem mete o Monteiro Rossi em apuros, tenho certeza disso, e ele deixa-se meter em apuros por estar apaixonado, eu tenho de alertá-lo, não acha? O retrato de sua mulher sorriu um sorriso distante e Pereira acreditou ter compreendido. Voltou à sala de jantar e perguntou a Monteiro Rossi: por que Marta, o que Marta tem a ver com isso? Oh! bem, gaguejou Monteiro Rossi um tanto enrubescido, porque Marta tem muitos recursos, só por isso. Ouça-me bem, meu caro Monteiro Rossi, disse Pereira, acho que o senhor está se metendo em apuros por causa de uma moça bonita, mas, ouça, eu não sou seu pai nem quero assumir com o senhor uma postura paterna que talvez o senhor interprete como paternalismo, quero dizer apenas isto: cuidado. Sim, disse

Monteiro Rossi, eu tomo cuidado, mas e quanto ao empréstimo? Isso nós resolveremos, respondeu Pereira, mas por que logo eu deveria adiantá-lo? Ouça, doutor Pereira, disse Monteiro Rossi puxando do bolso um papel que lhe entregou, escrevi uma matéria e escreverei mais duas na próxima semana, tomei a liberdade de preparar uma efeméride sobre D'Annunzio, usei meu coração, mas minha inteligência também, como o senhor me aconselhou, e lhe prometo que em seguida prepararei mais duas sobre escritores católicos, tal como o senhor quer.

Afirma Pereira que mais uma vez se sentiu ligeiramente irritado. Ouça, respondeu, não é que eu queira forçosamente escritores católicos, mas o senhor, que escreveu uma tese sobre a morte, poderia pensar um pouco mais nos escritores que se interessaram por esse problema, enfim, que se interessaram pela alma, e em vez disso o senhor me vem com a efeméride de um vitalista como D'Annunzio, que pode até ter sido um bom poeta, mas que desperdiçou a vida em frivolidades, não sei se estou sendo claro, o meu jornal não gosta de pessoas frívolas, ou ao menos eu não gosto. Perfeitamente, disse Monteiro Rossi, entendi o recado. Ótimo, acrescentou Pereira, agora vamos à pensão, encontrei uma pensãozinha na Graça onde não criam muito caso, eu pagarei o adiantamento se o pedirem, mas espero pelo menos mais dois necrológios, caro Monteiro Rossi, essa é sua remuneração quinzenal. Ouça, doutor Pereira, disse Monteiro Rossi, a efeméride sobre D'Annunzio eu a fiz porque no sábado passado comprei o *Lisboa* e vi que há uma rubrica chamada "Efemérides", a rubrica não está assinada, mas acredito que seja de sua autoria, se quiser alguma ajuda, eu a darei com prazer, gostaria de fazer esse tipo de rubrica, há uma porção de escritores dos quais poderia falar, e, além disso, por tratar-se de uma rubrica anônima, não corre o risco de lhe trazer complicações. Por quê?, o senhor tem complicações? sustenta ter dito Pereira. Bem, algumas, sim, como vê, respondeu Monteiro Rossi, mas, se o senhor quiser um nome diferente, eu pensei num pseudônimo, o que acha de Roxy? Parece-me um nome bem escolhido, disse Pereira. Tirou a limonada da mesa e guardou-a na geladeira, depois vestiu seu paletó e disse: pois então, vamos.

Saíram. Na pracinha em frente ao prédio havia um militar dormindo deitado num banco. Pereira admitiu que não aguentava subir a ladeira a pé, e assim esperaram um táxi. O sol estava implacável, afirma Pereira, e a brisa já não soprava. Um táxi passou devagar, e Pereira fez sinal com o braço para que parasse. Durante o percurso não falaram. Desceram diante de uma cruz de granito que vigiava uma minúscula capela. Pereira entrou na pensão, mas aconselhou Monteiro Rossi a esperar lá fora, levou consigo o senhor Bruno Rossi e apresentou-o ao funcionário. Era um velhinho de óculos grossos que cochilava atrás do balcão. Está aqui um amigo argentino, disse Pereira, é o senhor Bruno Lugones, este é seu passaporte, mas gostaria de se manter no anonimato, está aqui por motivos sentimentais. O velhinho tirou os óculos e folheou o registro. Alguém ligou pela manhã e fez uma reserva, disse, foi o senhor? Sim, confirmou Pereira. Temos um quarto de casal sem banheiro, disse o velhinho, mas não sei se está bom para o senhor. Está muito bem, disse Pereira. Pagamento adiantado, disse o velhinho, o senhor sabe como é. Pereira pegou a carteira e puxou duas notas. Deixo três diárias adiantadas, e agora tenha um bom dia. Cumprimentou o senhor Bruno Rossi, mas preferiu não apertar sua mão, parecia-lhe um gesto de excessiva intimidade. Boa estada, disse.

Saiu e parou diante de Monteiro Rossi, que esperava sentado à beira da fonte. Passe amanhã pela manhã na redação, disse, hoje lerei sua matéria, temos assuntos a tratar. Mas eu, na verdade..., disse Monteiro Rossi. Na verdade o quê?, perguntou Pereira. Sabe, disse Monteiro Rossi, eu pensei que a esta altura seria melhor nos vermos num lugar tranquilo, quem sabe em sua casa. Está bem, disse Pereira, mas não na minha casa, na minha casa chega, nós nos vemos amanhã às treze horas no Café Orquídea, o que me diz? Está bem, respondeu Monteiro Rossi, às treze no Café Orquídea. Pereira apertou sua mão e disse até logo. Pensou em ir a pé até a sua casa, era só descida mesmo. O dia estava maravilhoso, e por sorte uma bela brisa atlântica começara a soprar. Mas não se sentia em condições de apreciar o dia. Sentia-se inquieto e tinha vontade de falar com alguém, quem sabe o padre António, mas o padre António passava os dias à cabeceira de seus doentes. Então pensou em papear com o retrato de sua mulher. Assim, tirou o paletó e encaminhou-se lentamente para casa, afirma.

13

Pereira praticamente varou a noite para terminar a tradução e o resumo de "Honorine", de Balzac, afirma. Embora árdua, a tradução ficou fluente, segundo sua opinião. Dormiu três horas, das seis às nove da manhã, depois se levantou, tomou um banho fresco, bebeu um café e foi à redação. A zeladora, que encontrou pelas escadas, estava de cara amarrada e cumprimentou-o com um aceno da cabeça. Ele sussurrou um bom-dia à meia-voz. Entrou em sua sala, sentou-se à escrivaninha e discou o número do doutor Costa, seu médico. Alô, doutor, disse Pereira, aqui é Pereira. Então, como vai?, perguntou o doutor Costa. Estou ofegante, respondeu Pereira, não consigo subir as escadas e acho que engordei uns quilos, e é só dar um passeio que meu coração fica aos sobressaltos. Ouça, Pereira, disse o doutor Costa, eu atendo uma vez por semana na Clínica Talassoterápica da Parede, por que o senhor não se interna lá por uns dias? Internar-me por quê?, perguntou Pereira. Porque a clínica da Parede tem um bom atendimento médico e além disso trata de reumáticos e cardíacos com métodos naturais, tem banhos de algas, massagens e tratamentos para emagrecimento, e ademais há médicos extremamente competentes que estudaram na França, um pouco de repouso e de controle lhe fariam bem, Pereira, e a clínica da Parede é do que o senhor está precisando, se quiser, posso lhe reservar um quarto para amanhã mesmo, um quartinho bonito e limpo, com vista para o mar, vida sadia, banhos de algas, talassoterapia, e eu irei visitá-lo ao menos uma vez, há também uns tuberculosos internados, mas eles ficam num pavilhão isolado, não há perigo de contágio. Ah! se for por isso, eu não tenho medo de tuberculose, afirma ter dito Pereira, passei minha vida com uma tuberculosa, e a doença jamais teve qualquer efeito sobre mim, mas o problema não é esse, o problema é que me entregaram a página cultural do sábado, não posso largar a redação. Ouça, Pereira, disse o doutor

Costa, preste bastante atenção, a Parede fica a meio caminho entre Lisboa e Cascais, distante uns dez quilômetros daqui, se o senhor quiser escrever seus artigos na Parede e mandá-los a Lisboa, há o contínuo da clínica, que pode levá-los à cidade todas as manhãs, além do que sua página sai uma vez por semana e, se o senhor aprontar uns dois artigos extensos, terá material pronto para dois sábados, e ademais me permita dizer-lhe que a saúde é mais importante do que a cultura. Está bem, disse Pereira, mas duas semanas seria demais, uma semana de repouso bastaria. Melhor que nada, concluiu o doutor Costa. Pereira afirma que se conformou em aceitar a estada de uma semana na Clínica Talassoterápica da Parede, e que autorizou o doutor Costa a lhe reservar um quarto para o dia seguinte, mas fez questão de salientar que, antes disso, deveria avisar o diretor, pois seria mais correto. Desligou e discou o número da tipografia. Disse que havia um conto de Balzac a ser editado em dois ou três episódios, e que, portanto, a página cultural estava pronta para algumas semanas. E a rubrica "Efemérides"?, perguntou o tipógrafo. Nenhuma efeméride por enquanto, disse Pereira, não venham buscar o material na redação, porque à tarde não estarei aqui, vou deixá-lo num envelope lacrado no Café Orquídea, próximo do açougue kosher. Em seguida, discou o número da central telefônica e pediu à telefonista que ligasse para as termas de Buçaco. Pediu para falar com o diretor do *Lisboa*. O diretor está no parque tomando sol, disse o funcionário, não sei se devo incomodá-lo. Incomode-o à vontade, disse Pereira, diga que a redação cultural está na linha. O diretor atendeu o telefone e disse: alô, é o diretor falando. Senhor diretor, disse Pereira, traduzi e adaptei um conto de Balzac que dá material para dois ou três números, estou lhe telefonando porque pretendo me internar na Clínica Talassoterápica da Parede, minha cardiopatia não anda nada bem e meu médico aconselhou-me um tratamento, tenho sua permissão? E o jornal?, perguntou o diretor. Como lhe disse, está coberto por umas duas ou três semanas no mínimo, afirma ter dito Pereira, e além disso vou estar bem perto de Lisboa, de todo modo, deixo o telefone da clínica, e ademais, ouça, se acontecer algo, voltarei voando à redação. E o estagiário?, perguntou o diretor, não poderia deixar o estagiário em seu lugar? É melhor não, respondeu Pereira, preparou uns necrológios, mas não sei até que ponto seus artigos poderão ser utilizados, se algum escritor importante morrer, eu mesmo cuidarei disso. Está bem, disse o diretor, pode tirar sua semana para tratamento, doutor Pereira, afinal o vice-diretor está no jornal, e eventualmente ele pode cuidar de algum problema. Pereira despediu-se e disse que apresentava seus preitos à gentil senhora que conhecera. Desligou e olhou para o relógio. Estava quase na hora de ir ao Café Orquídea, mas antes disso queria ler a efeméride sobre D'Annunzio que não tinha tido tempo de ler na noite anterior. Pereira tem condições de usá-la como testemunho porque a guardou. Dizia: "Há cinco meses exatamente, às oito da noite de primeiro de março de 1938, morria Gabriele D'Annunzio. Naquele momento este jornal ainda não tinha sua página cultural, mas hoje nos parece ter chegado o momento de falar dele. Terá sido um grande poeta Gabriele D'Annunzio, cujo verdadeiro nome, aliás, era Rapagnetta? É difícil dizer, porque suas obras ainda são muito recentes para nós que somos seus contemporâneos. Talvez seja melhor, antes, falar de sua figura de homem, que se confunde com a figura do artista. Antes de mais nada, foi um vate. Amou o luxo, a mundanidade, a magniloquência, a ação. Foi um grande decadente, aniquilador das regras morais, amante do excesso e do erotismo. Do filósofo alemão Nietzsche, extraiu o mito do super-homem, mas o reduziu a uma visão da vontade de poder de ideais estetizantes, destinados a compor o caleidoscópio colorido de uma vida inimitável. Foi intervencionista na Grande Guerra, convicto inimigo da paz entre os povos. Viveu façanhas belicosas e provocadoras como o voo sobre Viena, em 1918, quando lançou folhetos italianos sobre a cidade. Depois da guerra organizou uma ocupação da cidade de Fiume, de onde em seguida foi enxotado pelas tropas italianas. Retirou-se em Gardone, num palacete por ele chamado de Vitorial dos Italianos, onde levou uma vida dissoluta e decadente, marcada por amores fúteis e aventuras eróticas. Viu com simpatia o fascismo e os empreendimentos bélicos. Fernando Pessoa tinha o apelidado de solo de trombone, e talvez não estivesse de todo errado. A sua voz que nos alcança não é, de fato, a de um delicado violino, mas a voz trovejante de um instrumento de sopro, de um ressonante e prepotente trompete. Uma vida não exemplar, um poeta altissonante, um homem cheio de sombras e de compromissos. Uma figura a não ser imitada, é por isso que o recordamos. Assinado Roxy."

 Pereira pensou: inutilizável, absolutamente inutilizável. Pegou a pastinha dos "Necrológios" e anexou a lauda. Não sabe por que motivo fez aquilo, poderia tê-la jogado fora, mas, ao invés disso, guardou-a. Depois, para aplacar a irritação que sobreviera, pensou em deixar a redação e dirigir-se ao Café Orquídea.

Quando chegou ao café, a primeira coisa que viu, afirma Pereira, foram os cabelos ruivos de Marta. Estava sentada a uma mesinha de canto, próxima ao ventilador, de costas para a porta. Tinha o mesmo vestido que usara na noite de festejos na praça da Alegria, com as alças cruzadas nas costas. Pereira afirma ter pensado que Marta tinha belíssimos ombros, suaves, bem proporcionais, perfeitos. Aproximou-se e pôs-se diante dela. Oh! doutor Pereira, disse Marta com naturalidade, vim no lugar de Monteiro Rossi, hoje ele não pôde vir.

Pereira sentou-se à mesa e perguntou a Marta se tomava um aperitivo. Marta respondeu que beberia com prazer um vinho do Porto seco, Pereira chamou o garçom e pediu dois copos de vinho do Porto seco. Não deveria tomar bebidas alcoólicas, mas no dia seguinte iria mesmo para a clínica talassoterápica e ficaria uma semana de dieta. Pois então?, perguntou Pereira depois que o garçom os serviu. Pois então, respondeu Marta, acho que este é um período difícil para todos, ele viajou para o Alentejo e por enquanto ficará por lá, é bom que fique alguns dias afastado de Lisboa. E seu primo?, perguntou incautamente Pereira. Marta olhou-o e sorriu. Sei que o senhor foi um grande apoio para Monteiro Rossi e seu primo, disse Marta, doutor Pereira, o senhor foi realmente maravilhoso, deveria ser dos nossos. Pereira sentiu-se ligeiramente irritado, afirma, e tirou o paletó. Ouça, senhorita, retrucou, eu não sou nem dos vossos nem dos deles, prefiro fazer por conta própria, aliás, não sei quem são os vossos nem quero saber, eu sou um jornalista e trato de cultura, acabei de traduzir um conto de Balzac, sobre as histórias de vocês, prefiro não estar informado, não sou repórter. Marta tomou um gole de vinho do Porto e disse: nós não fazemos crônica, doutor Pereira, é isso que eu gostaria que o senhor compreendesse, nós vivemos a História. Pereira, por sua vez, tomou o seu copo de Porto e retrucou: ouça, senhorita, História é uma palavra muito pesada, eu também li Vico e Hegel na minha época, não é um animal que possa ser domesticado. Mas talvez o senhor não tenha lido Marx, contestou Marta. Não li, disse Pereira, e não me interessa, de escolas hegelianas estou cheio, e ademais ouça, deixe-me repetir algo que já lhe disse antes, eu penso somente em mim e na cultura, esse é o meu mundo. Anarcoindividualista?, perguntou Marta, é isso que eu gostaria de saber. O que quer dizer com isso?, perguntou Pereira. Oh! disse Marta, não me venha dizer que não sabe o que significa anarcoindividualista, a Espanha está cheia deles, os anarcoindividualistas estão dando muito o que falar nestes tempos e também se comportaram heroicamente, mesmo que talvez precisem de um pouco mais de disciplina, enfim, é o que eu acho. Ouça, Marta, disse Pereira, não vim a este café para falar de política, como já disse, a política não me interessa porque trato sobretudo de cultura, eu tinha um encontro com Monteiro Rossi e a senhorita vem me dizer que ele está no Alentejo, o que ele foi fazer no Alentejo?

Marta olhou ao redor como à procura do garçom. Vamos pedir algo para comer?, perguntou, eu tenho um compromisso às quinze horas. Pereira chamou Manuel. Pediram duas omeletes com ervas aromáticas, e em seguida Pereira insistiu: e então, o que Monteiro Rossi foi fazer no Alentejo? Foi levar o primo, respondeu Marta, que recebeu ordens de última hora, são principalmente os alentejanos os que querem combater na Espanha, há uma grande tradição democrática no Alentejo, e há também muitos anarcoindividualistas como o senhor, doutor Pereira, trabalho é o que não falta, enfim, o fato é que Monteiro Rossi teve que levar o primo ao Alentejo, porque ali é que se recrutam as pessoas. Bem, respondeu Pereira, transmita-lhe meus auspícios de bom recrutamento. O garçom trouxe as omeletes e começaram a comer. Pereira amarrou o guardanapo em volta do colarinho, pegou um pedaço de omelete e disse: ouça, Marta, estou partindo amanhã para uma clínica talassoterápica perto de Cascais, estou com problemas de saúde, diga a Monteiro Rossi que o artigo sobre D'Annunzio é perfeitamente inutilizável, em todo o caso vou lhe deixar o telefone da clínica onde ficarei internado uma semana, a melhor hora para me ligar é no horário das refeições, e agora me diga onde está Monteiro Rossi. Marta abaixou a voz e disse: esta noite estará em Portalegre, na casa de amigos, mas preferiria não lhe dar o endereço, além do mais é um endereço incerto, já que ele vai dormir uma noite aqui, uma acolá, tem que andar bastante pelo Alentejo, eventualmente será ele a entrar em contato com o senhor. Está bem, disse Pereira passando-lhe um papelzinho, este é o meu número de telefone, a clínica talassoterápica da Parede. Eu preciso ir embora agora, doutor Pereira, disse Marta, desculpe-me, mas tenho um encontro e tenho que atravessar a cidade toda.

    Pereira levantou-se e despediu-se. Marta foi sair e colocou seu chapéu de palha. Pereira ficou olhando-a partir, arrebatado por aquela bela silhueta que se recortava ao sol. Sentiu-se aliviado e quase alegre, mas não sabe por quê. Então fez um sinal para Manuel, que chegou prestativo perguntando se queria uma bebida digestiva. Mas ele tinha sede, porque a tarde estava muito quente. Refletiu por um instante e depois disse que só queria uma limonada. Pediu-a muito gelada, cheia de gelo, afirma Pereira.

14

No dia seguinte Pereira levantou-se cedo, afirma. Tomou seu café, preparou uma malinha onde enfiou os *Contes du lundi*, de Alphonse Daudet. Talvez acabasse ficando mais alguns dias, pensou, e Daudet era um autor cujos contos podiam perfeitamente figurar entre os do *Lisboa*.

Foi para a entrada, parou diante do retrato de sua mulher e disse: ontem à noite eu vi Marta, a namorada de Monteiro Rossi, tenho a impressão de que aqueles jovens estão se metendo numa bela de uma encrenca, aliás, já estão metidos, de qualquer modo não tenho nada a ver com isso, preciso de uma semana de talassoterapia, ordens do doutor Costa, e além do mais Lisboa está um calor sufocante, eu traduzi "Honorine" de Balzac, viajo esta manhã, vou tomar o trem no Cais de Sodré, vou levar você comigo, se você me permitir. Pegou o retrato e colocou-o na mala, mas de cabeça para cima, porque sua mulher necessitara de ar a vida toda, e ele pensou que o retrato precisava respirar direito. Depois desceu até a pracinha da catedral, esperou um táxi e pediu que o levasse à estação. Desceu na praça e teve a ideia de tomar algo no British Bar do Cais de Sodré. Sabia ser um local frequentado por literatos e esperava encontrar alguém. Entrou e sentou-se a uma mesa de canto. À mesa ao lado, de fato, estava o romancista Aquilino Ribeiro almoçando com Bernardo Marques, o desenhista de vanguarda, autor das ilustrações das melhores revistas do modernismo português. Pereira desejou-lhes um bom-dia, e os artistas responderam com um aceno de cabeça. Seria bom almoçar à mesa deles, pensou Pereira, e contar que no dia anterior recebera uma crítica muito negativa sobre D'Annunzio, e saber deles o que pensavam. Mas os dois artistas estavam envolvidos numa conversa tão cerrada que Pereira não teve coragem de incomodá-los. Compreendeu que Bernardo Marques não queria mais desenhar e que o romancista queria partir para o exterior. Isso lhe provocou uma sensação de desalento, afirma Pereira, porque não imaginava que um escritor daqueles fosse abandonar o seu país. Enquanto bebia sua limonada e saboreava suas amêijoas, Pereira ouviu algumas frases. Em Paris, dizia Aquilino Ribeiro, o único lugar vivível é Paris. E Bernardo Marques anuía dizendo: propuseram-me desenhos para várias revistas, mas eu não tenho mais vontade de desenhar, este é um país horrível, é melhor não trabalhar para ninguém. Pereira terminou suas amêijoas e sua limonada, levantou-se e deteve-se diante da mesa dos dois artistas. Desejo aos senhores um bom prosseguimento, disse, permitam que me apresente, sou o doutor Pereira, da página cultural do *Lisboa*, Portugal inteiro tem orgulho de ter dois artistas como os senhores, precisamos dos senhores.

Depois saiu na luz ofuscante do meio-dia e dirigiu-se ao trem. Comprou a passagem para a Parede e perguntou quanto tempo levaria. O funcionário respondeu que levaria pouco tempo, ele sentiu-se satisfeito. Era o trem da linha do Estoril, e levava principalmente pessoas de férias. Pereira colocou-se do lado esquerdo do trem porque desejava ver o mar. O vagão estava praticamente deserto, devido ao horário, e Pereira pôde escolher à vontade seu assento, abaixou um pouco a cortina para que o sol não incomodasse os olhos, pois seu lado dava para o sul, e olhou o mar. Começou a pensar em sua vida, mas disso não tem vontade de falar, afirma. Prefere dizer que o mar estava calmo e que havia banhistas na praia. Pereira pensou havia quanto tempo não tomava um banho de mar, e pareceu-lhe que fazia séculos. Relembrou dos tempos de Coimbra, quando ia às praias próximas do Porto, em Granja ou Espinho, por exemplo, onde havia um cassino e um clube. A água do mar era gelada naquelas praias do Norte, mas ele conseguia nadar manhãs a fio, enquanto seus colegas de faculdade, todos encolhidos de frio, o esperavam na praia. Depois se vestiam, colocavam um paletó elegante e iam ao clube jogar bilhar. Eram admirados pelas pessoas, e o maître acolhia o grupo dizendo: aqui estão os estudantes de Coimbra! E dava-lhes o melhor bilhar.

Pereira despertou quando passou diante de Santo Amaro. Havia uma bela praia arqueada, e viam-se os toldos das barracas de listras brancas e azuis. O trem parou, e Pereira pensou em descer e tomar um banho, pois poderia prosseguir no próximo trem. Não conseguiu resistir. Pereira não saberia dizer o porquê daquele impulso, talvez por ter pensado em seus tempos de Coimbra e nos banhos em Granja. Desceu com sua malinha e atravessou o túnel que levava à praia. Quando chegou à areia, tirou os sapatos e as meias e seguiu assim, segurando a malinha em uma das mãos e os sapatos na outra. Viu logo o salva-vidas, um jovem grandalhão bronzeado que vigiava os banhistas deitado numa cadeira de praia. Pereira aproximou-se e disse que queria alugar uma roupa de banho e um vestiário. O salva-vidas esquadrinhou-o da cabeça aos pés e, dissimulado, murmurou: não sei se temos uma roupa do seu tamanho. De qualquer forma, vou lhe dar a chave do depósito, fica na cabine maior, a de número um. Em seguida perguntou com um tom que a Pereira pareceu irônico: precisa também de uma boia? Sei nadar muito bem, respondeu Pereira, talvez muito melhor do que o senhor, não se preocupe. Pegou a chave do depósito e a chave do vestiário e se foi. No depósito havia de tudo um pouco: boias, salva-vidas infláveis, uma rede de pesca coberta de cortiças, roupas de banho. Revistou as roupas de banho para ver se encontrava uma à moda antiga, daquelas inteiras, que cobrisse sua barriga também. Conseguiu encontrá-la e vesti-la. Ficava um pouco apertada e era de lã, mas não encontrou nada melhor. Levou sua mala e suas roupas para o vestiário e atravessou a praia. À beira-mar havia um grupo de jovens jogando bola, e Pereira evitou-os. Entrou na água com calma, devagarinho, deixando que o frescor o abraçasse lentamente. Depois, quando a água chegou até o umbigo, mergulhou e começou a nadar em nado livre, lenta e comedidamente. Nadou bastante, até as boias. Quando abraçou a boia de segurança, sentiu que estava ofegante e que seu coração batia em disparada. Sou um doido, pensou, não nado há um tempão e me jogo na água desse jeito, como um atleta. Descansou agarrado à boia, depois ficou flutuando. O céu sobre seus olhos era de um azul feroz. Pereira retomou o fôlego e voltou para a praia calmamente, com braçadas lentas. Passou diante do salva-vidas e foi à desforra. Como viu, não precisei de boia, disse, quando passa o próximo trem para o Estoril? O salva-vidas consultou o relógio. Em quinze minutos, respondeu. Muito bem, disse Pereira, então venha comigo; eu vou me vestir e já pago o senhor, pois não tenho muito tempo. Vestiu-se na cabine, saiu, pagou o salva-vidas, penteou seus poucos cabelos com um pentezinho guardado na carteira e despediu-se. Até logo, disse, e fique de olho naqueles rapazes jogando bola, eu acho que eles não sabem nadar e além disso incomodam os banhistas.

Adentrou o túnel e sentou-se num banco de pedra, sob a cobertura. Ouviu o trem chegar e olhou para o relógio. Era tarde, pensou, provavelmente na clínica talassoterápica o esperavam para o almoço, porque nas clínicas se come cedo. Pensou: que se há de fazer? Mas se sentia bem, sentia-se relaxado e refrescado, quando o trem entrou na estação, e afinal ele teria todo o tempo do mundo para a clínica talassoterápica, ficaria lá pelo menos uma semana, afirma Pereira.

Quando chegou à Parede, eram quase duas e meia. Tomou um táxi e pediu ao motorista que o levasse à clínica talassoterápica. A dos tuberculosos?, perguntou o motorista. Não sei, respondeu Pereira, fica à beira-mar. Mas então é um pulo daqui, bem que o senhor pode ir a pé. Ouça, disse Pereira, estou cansado e faz muito calor, depois lhe dou uma gorjeta.

A clínica talassoterápica era um prédio rosa com um grande jardim cheio de palmeiras. Ficava no alto, sobre os rochedos, e tinha uma escadaria que levava à rua e depois ao mar. Pereira subiu fatigado a escadaria e entrou no hall. Foi recebido por uma mulher gorda de faces vermelhas e jaleco branco. Sou o doutor Pereira, meu médico, o doutor Costa, deve ter telefonado para reservar um quarto. Oh! doutor Pereira, disse a senhora de jaleco branco, aguardávamos o senhor para o almoço, por que está tão atrasado, já almoçou? Na verdade só comi umas amêijoas na estação, admitiu Pereira, e estou com certa fome. Então me siga, disse a senhora de jaleco branco, o restaurante está fechado, mas Maria das Dores ainda está aí e pode lhe preparar um petisco. Guiou-o até a sala de jantar, uma sala ampla, com enormes janelas que davam para o mar. Estava completamente deserta. Pereira sentou-se a uma mesa, e chegou uma senhora de avental com uns bigodinhos acentuados. Sou Maria das Dores, disse a mulher, sou a cozinheira, posso lhe preparar uma coisinha grelhada. Um linguado, respondeu Pereira, obrigado. Pediu também uma limonada, que começou a bebericar com prazer. Tirou o paletó e amarrou o guardanapo no colarinho. Maria das Dores chegou com um peixe grelhado. O linguado terminou, disse, preparei um dourado. Pereira começou a comer, deliciado. Os banhos de alga são às dezessete horas, disse a cozinheira, mas, se o senhor estiver cansado e quiser tirar uma soneca, pode começar amanhã, seu médico é o doutor Cardoso, e ele irá visitá-lo em seu quarto às seis da tarde. Perfeito, disse Pereira, acho que vou descansar um pouco.

Subiu para o quarto, que era o de número vinte e dois, e encontrou ali sua mala. Fechou as persianas, escovou os dentes e deitou-se na cama sem pijama. Havia uma gostosa brisa atlântica que filtrava pelas persianas e agitava as cortinas. Pereira adormeceu quase imediatamente. Teve um sonho bonito, um sonho de sua juventude, ele estava na praia da Granja e nadava num oceano que mais parecia uma piscina, e na beira daquela piscina havia uma moça pálida que o esperava com uma toalha nos braços. Em seguida ele volta da nadada e o sonho continuava, era mesmo um sonho lindo, mas Pereira prefere não dizer como prosseguia, porque seu sonho nada tem a ver com esta história, afirma.

15

Às seis e meia Pereira ouviu baterem à sua porta, mas já estava acordado, afirma. Olhava as faixas de luz e de sombra das persianas no teto, pensava na "Honorine" de Balzac, no arrependimento, e parecia-lhe que também ele tivesse de se arrepender de alguma coisa, mas não sabia de quê. De repente sentiu o desejo de falar com o padre António, porque a ele poderia confidenciar que queria se arrepender, mas não sabia de que deveria se arrepender, sentia apenas uma saudade do arrependimento, isso é o que queria dizer, ou talvez simplesmente gostasse da ideia do arrependimento, quem sabe?

Sim?, perguntou Pereira. Está na hora do passeio, disse a voz de uma enfermeira do outro lado da porta, o doutor Cardoso está à sua espera no hall. Pereira não tinha vontade de passeio nenhum, afirma, mas mesmo assim se levantou, desfez a mala, enfiou um par de sapatilhas de corda, uma calça de algodão e uma camisa folgada de cor cáqui. Ajeitou o retrato de sua mulher sobre a mesa e disse: pois então, cá estou eu, na clínica talassoterápica, mas, se eu ficar entediado, vou-me embora, por sorte trouxe comigo um livro de Alphonse Daudet, assim posso fazer umas traduções para o jornal, de Daudet tínhamos gostado sobretudo de *Le Petit Chose*, você se lembra?, nós o lemos em Coimbra e ambos ficamos emocionados, é a história de uma infância e talvez pensássemos num filho que afinal não chegou, que se há de fazer?, de qualquer modo trouxe os *Contes du lundi* e acho que uma novela seria o ideal para o *Lisboa*, bem, agora me desculpe, tenho que ir, parece que há um médico à minha espera, vamos ouvir quais são os métodos da talassoterapia, até mais tarde.

Quando chegou ao hall, viu um homem de avental branco olhando o mar pelas janelas. Pereira aproximou-se. Era um homem entre trinta e cinco, quarenta anos, de cavanhaque loiro e olhos azuis. Boa noite, disse o médico com um sorriso tímido, sou o doutor Cardoso, o senhor é o doutor Pereira, imagino, estava à sua espera, está na hora do passeio dos pacientes pela praia, mas, se o senhor preferir, podemos conversar aqui ou sair para o jardim. Pereira respondeu que de fato não tinha muita vontade de passear na praia, disse que naquele dia já tinha estado na praia e contou do banho em Santo Amaro. Oh! que maravilha, exclamou o doutor Cardoso, acreditava ter que lidar com um paciente mais difícil, mas vejo que a natureza ainda o atrai. Talvez eu me sinta mais atraído pelas lembranças, disse Pereira. Como assim?, perguntou o doutor Cardoso. Depois talvez eu lhe explique, disse Pereira, mas não agora, quem sabe amanhã.

Saíram para o jardim. Vamos dar um passeio?, propôs o doutor Cardoso, será bom para o senhor e será bom para mim. Atrás das palmeiras do jardim, que cresciam entre rochas e areia, havia um belo parque. Pereira seguiu até lá o doutor Cardoso, que estava a fim de conversar. Durante os próximos dias o senhor estará sob meus cuidados, disse o médico, preciso conversar com o senhor e conhecer seus hábitos, não deve ter segredos comigo. Pode perguntar tudo, disse Pereira, disponível. O doutor Cardoso apanhou um talo de grama e colocou-o na boca. Comecemos por seus hábitos alimentares, quais são? De manhã tomo café, respondeu Pereira, depois almoço e janto, como todo o mundo, é muito simples. E o que come normalmente, perguntou o doutor Cardoso, quer dizer, que tipo de alimentos come? Omeletes, queria ter respondido Pereira, praticamente só como omeletes, porque minha zeladora me prepara pão com omelete e porque no Café Orquídea só servem omeletes com ervas aromáticas. Mas sentiu-se envergonhado e respondeu outra coisa. Alimentação variada, disse, peixe, carne, verdura, sou bastante contido com a comida, alimento-me de modo racional. E sua gordura, quando começou a aparecer?, perguntou o doutor Cardoso. Há alguns anos, respondeu Pereira, depois da morte de minha mulher. E no que diz respeito aos doces, perguntou o doutor Cardoso, come muitos doces? Nunca, respondeu Pereira, não gosto de doces, só bebo limonadas. Limonadas como?, perguntou o doutor Cardoso. Suco natural de limão, disse Pereira, gosto, refresca-me e tenho a impressão de que me faz bem ao intestino, porque frequentemente tenho desarranjos intestinais. Quantas por dia?, perguntou o doutor Cardoso. Pereira refletiu um instante. Depende do dia, respondeu, agora no verão, por exemplo, umas dez. Dez limonadas por dia!, exclamou o doutor Cardoso, doutor Pereira, acho isso uma loucura, e diga-me, com açúcar? Cheias de açúcar, disse Pereira, metade do copo de limonada e metade de açúcar. O doutor Cardoso cuspiu o talo de grama que tinha na boca, fez um gesto peremptório com a mão e sentenciou: de hoje em diante chega de limonadas, vamos substituí-las por água mineral, melhor sem gás, mas, se prefere água com gás, está bem assim mesmo. Havia um banco sob os cedros do parque, e Pereira sentou-se, obrigando o doutor Cardoso a fazer o mesmo. E desculpe, doutor Pereira, disse o doutor Cardoso, agora gostaria de fazer uma pergunta íntima: quanto à atividade sexual? Pereira olhou o topo das árvores e disse: explique-se melhor. Mulheres, explicou o doutor Cardoso, frequenta mulheres, tem uma atividade sexual regular? Ouça, doutor, disse Pereira, eu sou viúvo, já não sou jovem e tenho um trabalho que me absorve, não tenho tempo nem vontade de arranjar mulheres. Nem mesmo mulheres à toa?, perguntou o doutor Cardoso, sei lá, uma aventura, uma senhora de costumes fáceis, de vez em quando. Tampouco, disse Pereira, e puxou um charuto perguntando se podia fumar. O doutor Cardoso permitiu. Não é bom por causa da sua cardiopatia, disse, mas, se não consegue mesmo abrir mão… Estou fazendo isso porque suas perguntas me constrangem, confessou Pereira. Então eu tenho outra pergunta constrangedora, disse o doutor Cardoso, tem poluções noturnas? Não entendo a pergunta, disse Pereira. Bem, disse o doutor Cardoso, quero dizer se não tem sonhos eróticos que o levem ao orgasmo, tem sonhos eróticos, o que sonha? Ouça, doutor, respondeu Pereira, meu pai ensinou-me que nossos sonhos são a coisa mais reservada que temos e que não se deve revelá-los a ninguém. Mas o senhor está aqui em tratamento e eu sou o seu médico, retrucou o doutor Cardoso, sua psique está diretamente relacionada com seu corpo, e eu tenho que saber o que sonha. Sonho amiúde com a Granja, confessou Pereira. É uma mulher?, perguntou o doutor Cardoso. É um lugar, disse Pereira, é uma praia perto do Porto, ia para lá quando era um jovem estudante de Coimbra, e depois havia Espinho, uma praia elegante, com piscina e cassino, e sempre dava umas boas nadadas e jogava bilhar, porque havia um belo salão de bilhar, era lá que minha namorada também ia, depois me casei com ela, era uma moça doente, mas naquela época ela ainda não sabia disso, tinha só umas fortes dores de cabeça, aquele foi um bom período da minha vida, e talvez sonhe com isso simplesmente porque gosto. Está bem, disse o doutor Cardoso, por hoje é só, esta noite gostaria de jantar à sua mesa, poderemos jogar conversa fora, eu acompanho muito literatura e vi que seu jornal dá um bom espaço para os escritores franceses do século XIX, sabe?, eu estudei em Paris, sou de cultura francesa, hoje à noite vou lhe descrever o programa de amanhã, vemo-nos no restaurante às oito.

 O doutor Cardoso levantou-se e despediu-se. Pereira ficou sentado e começou a olhar o topo das árvores. Desculpe, doutor, tinha lhe prometido apagar o charuto, mas estou com vontade de desfrutá-lo até o fim. Faça como bem entender, redarguiu o doutor Cardoso, de amanhã em diante começamos a dieta. Pereira ficou sozinho fumando. Pensou que o doutor Costa, mesmo sendo um velho conhecido seu, nunca lhe teria feito perguntas tão pessoais e reservadas; evidentemente, os jovens médicos que estudaram em Paris eram mesmo diferentes. Pereira admirou-se e sentiu um grande constrangimento posterior, mas acabou refletindo que era melhor não pensar demais, aquela, evidentemente, era uma clínica sem dúvida especial, afirma.

16

Às oito horas, pontualíssimo, o doutor Cardoso estava sentado à mesa do restaurante. Pereira também chegou pontualmente, afirma, e dirigiu-se à mesa. Tinha vestido seu terno cinza e colocara a gravata preta. Quando entrou no salão, olhou à sua volta. Havia bem umas cinquenta pessoas, eram todos idosos. Mais velhos do que ele, com certeza, em sua maioria velhos casais que jantavam à mesma mesa. Isso fez com que se sentisse melhor, afirma, porque pensou que no fundo era um dos mais novos, e ficou feliz por não ser tão velho, afinal. O doutor Cardoso sorriu e ia se levantar. Pereira fez um gesto com a mão para que não se incomodasse. Bem, doutor Cardoso, até para este jantar estou em suas mãos. Um copo de água mineral em jejum sempre é uma boa regra higiênica, disse o doutor Cardoso. Com gás, pediu Pereira. Com gás, concedeu o doutor Cardoso, e encheu o copo. Pereira bebeu-a com uma ligeira sensação de repulsa e desejou uma limonada. Doutor Pereira, disse o doutor Cardoso, gostaria de saber quais são seus projetos para a página cultural do *Lisboa*, apreciei bastante a efeméride sobre Pessoa e o conto de Maupassant, a tradução era primorosa. Quem traduziu fui eu, respondeu Pereira, mas não gosto de assinar. Pois deveria, retrucou o doutor Cardoso, especialmente os artigos mais importantes, e para o futuro, o que nos reserva seu jornal? Vou lhe contar, doutor Cardoso, respondeu Pereira, para os próximos três ou quatro números há um conto de Balzac, chama-se "Honorine", não sei se o conhece. O doutor Cardoso fez que não com a cabeça. É um conto sobre o arrependimento, disse Pereira, um belo conto sobre o arrependimento, tanto que eu o li como uma autobiografia. Um arrependimento do grande Balzac?, interveio o doutor Cardoso. Pereira ficou um momento pensativo. Desculpe por perguntar isto, doutor Cardoso, disse, o senhor me disse esta tarde que estudou na França, que formação tem, se me permite? Formei-me em medicina e depois fiz duas especializações, uma em dietética e outra em psicologia, respondeu o doutor Cardoso. Não vejo a ligação entre as duas especializações, afirma ter dito Pereira, desculpe-me, mas não vejo a ligação. Talvez haja uma ligação mais profunda do que se supõe, disse o doutor Cardoso, não sei se o senhor pode imaginar as ligações que existem entre nosso corpo e nossa psique, mas são mais do que o senhor imagina, de qualquer forma o senhor dizia que o conto de Balzac é um conto autobiográfico. Oh! não quis dizer isso, rebateu Pereira, quis dizer que eu o li como uma autobiografia, que me reconheci nele. No arrependimento?, perguntou o doutor Cardoso. De certo modo, disse Pereira, mesmo que de modo bastante transversal, aliás, a palavra é limítrofe, digamos que me reconheci nele de modo limítrofe.

O doutor Cardoso fez sinal para a copeira. Esta noite comeremos peixe, disse o doutor Cardoso, eu acharia melhor o senhor comer peixe grelhado ou cozido, mas também pode ser preparado de outras maneiras. Peixe grelhado eu já comi no almoço, justificou-se Pereira, e cozido eu não gosto nem um pouco, cheira-me a hospital, e não gosto de me sentir num hospital, prefiro pensar que estou num hotel, comeria com prazer um linguado *à la belle meunière*. Perfeito, disse o doutor Cardoso, linguado *à la belle meunière* com cenouras na manteiga, o mesmo para mim. Depois prosseguiu: arrependimento de modo limítrofe, o que significa? O fato de o senhor ter estudado psicologia anima-me a conversar com o senhor, disse Pereira, talvez fosse melhor conversar sobre isso com meu amigo padre António, que é um sacerdote, mas talvez ele não compreendesse, porque aos sacerdotes se devem confessar as próprias culpas, e eu não me sinto culpado de nada em especial e, no entanto, tenho o desejo de me arrepender, sinto saudades do arrependimento. Talvez devesse aprofundar a questão, doutor Pereira, disse o doutor Cardoso, e, se tiver vontade de fazê-lo comigo, estou à sua disposição. Pois bem, disse Pereira, é uma sensação estranha, que fica na periferia de minha personalidade, por isso mesmo é que a chamo de limítrofe, e o fato é que por um lado estou contente de ter levado a vida que levei, estou contente de ter-me formado em Coimbra, de ter-me casado com uma mulher doente que passou sua vida em sanatórios, de ter cuidado da crônica policial por tantos anos num grande jornal e de agora ter aceitado dirigir a página cultural desse modesto jornal vespertino, porém, ao mesmo tempo, é como se tivesse vontade de me arrepender da minha vida, não sei se me faço entender.

O doutor Cardoso começou a comer seu linguado *à la belle meunière*, e Pereira seguiu seu exemplo. Seria necessário conhecer melhor os últimos meses de sua vida, disse o doutor Cardoso, talvez tenha ocorrido algum evento. Algum evento em que sentido, perguntou Pereira, o que quer dizer com isso? Evento é uma palavra da psicanálise, disse o doutor Cardoso, não que eu creia demasiado em Freud, porque sou um sincretista, mas creio que sobre a questão do evento ele tenha mesmo razão, o evento é um acontecimento concreto que se verifica em nossa vida e que transtorna ou perturba nossas convicções e nosso equilíbrio, enfim, o evento é um fato que se produz na vida real e que influi na vida psíquica, o senhor deveria tentar descobrir se em sua vida houve algum evento. Conheci uma pessoa, afirma ter dito Pereira, aliás, duas pessoas, um jovem e uma moça. Então me fale disso, disse o doutor Cardoso. Bem, disse Pereira, o fato é que para a página cultural eu precisava de necrológios antecipados dos escritores importantes que podem morrer a qualquer momento, e a pessoa que conheci fez uma tese sobre a morte, é verdade que em parte a copiou, mas de início me pareceu que ele entendia de morte, e assim o contratei como estagiário para preparar os necrológios antecipados, e ele preparou alguns, paguei-os do meu bolso porque não queria pesar para o jornal, mas são todos impublicáveis, porque esse jovem só tem política na cabeça e escreve todos os necrológios com uma visão política, na verdade eu acho que a sua namorada é quem enfia tais ideias na cabeça dele, enfim, fascismo, socialismo, guerra civil na Espanha e coisas desse gênero, todos os artigos são impublicáveis, como disse, e até o momento eu o paguei. Não há nada de errado nisso, respondeu o doutor Cardoso, no fundo está arriscando apenas seu dinheiro. Não é isso, afirma ter admitido Pereira, o fato é que me veio uma dúvida: e se esses dois jovens tiverem razão? Nesse caso eles é que teriam razão, disse pacatamente o doutor Cardoso, mas é a história quem o dirá, e não o senhor, doutor Pereira. Sim, disse Pereira, mas, se eles tiverem razão, minha vida não teria sentido, não teria sentido ter estudado letras em Coimbra e ter sempre acreditado que a literatura fosse a coisa mais importante do mundo, não teria sentido eu dirigir a página cultural desse jornal vespertino onde não posso expressar minha opinião e onde tenho que publicar contos do século XIX francês, nada mais teria sentido, e é disso que sinto necessidade de me arrepender, como se eu fosse outra pessoa, e não o Pereira que sempre foi jornalista, como se eu tivesse de renegar alguma coisa.

O doutor Cardoso chamou a copeira e pediu duas saladas de frutas sem açúcar e sem sorvete. Quero lhe fazer uma pergunta, disse o doutor Cardoso, o senhor conhece os *médecins--philosophes*? Não, admitiu Pereira, não conheço, quem são? Os principais são Théodule Ribot e Pierre Janet, disse o doutor Cardoso, foram seus textos que estudei em Paris, são médicos e psicólogos, mas filósofos também, e defendem uma teoria que me parece interessante, a da confederação das almas. Conte-me essa teoria, disse Pereira. Pois bem, disse o doutor Cardoso, acreditar ser "um" *de per si*, separado da incomensurável pluralidade dos próprios eus, representa uma ilusão, aliás, ingênua, de uma única alma de tradição cristã, o doutor Ribot e o doutor Janet veem a personalidade como uma confederação de várias almas, porque nós temos várias almas dentro de nós, não é mesmo?, uma confederação que se coloca sob o controle de um eu hegemônico. O doutor Cardoso fez uma pequena pausa e depois continuou: a que é denominada a norma, ou nosso ser, ou normalidade, é apenas um resultado, e não uma premissa, e depende do controle de um eu hegemônico que se impôs na confederação de nossas almas; no caso de surgir outro eu, mais forte e mais poderoso, esse eu destitui o eu hegemônico e toma o seu lugar, passando a dirigir a coorte das almas, ou melhor, a confederação, e a primazia permanece enquanto esse eu não for, por sua vez, destituído por outro eu hegemônico, através de um ataque direto ou de uma paciente erosão. Talvez, concluiu o doutor Cardoso, haja no senhor um eu hegemônico que, após paciente erosão, esteja tomando a liderança na confederação de suas almas, doutor Pereira, e não há nada que o senhor possa fazer, a não ser, eventualmente, secundá-lo.

O doutor Cardoso terminou de comer sua salada de frutas e enxugou a boca com o guardanapo. Então, o que me restaria fazer?, perguntou Pereira. Nada, respondeu o doutor Cardoso, simplesmente esperar, talvez haja um eu hegemônico no senhor que, após uma erosão lenta, após todos esses anos passados no jornalismo, fazendo crônica policial, acreditando que a literatura fosse a coisa mais importante do mundo, talvez haja um eu hegemônico que esteja tomando a direção da confederação de suas almas, o senhor deixe-o vir à tona, mesmo porque não pode fazer de outra maneira, não conseguiria e entraria em conflito com o senhor mesmo e, se quiser se arrepender de sua vida, pode se arrepender, e também, se tem vontade de contar isso a um sacerdote, conte-lhe, enfim, doutor Pereira, se o senhor está começando a pensar que aqueles jovens têm razão e que sua vida até o momento foi inútil, pode pensá-lo, talvez de agora em diante sua vida não lhe pareça mais inútil, deixe-se guiar por seu novo eu hegemônico e não compense seu tormento com a comida e com as limonadas cheias de açúcar.

Pereira terminou de comer sua salada de frutas e tirou o guardanapo que tinha colocado em volta do pescoço. Sua teoria é muito interessante, disse, vou refletir sobre isso, gostaria de tomar um café, o que me diz? O café provoca insônia, disse o doutor Cardoso, mas, se o senhor não quer dormir, o problema é seu, há banhos de algas duas vezes ao dia, às nove da manhã e às cinco da tarde, gostaria que amanhã de manhã o senhor fosse pontual, estou certo de que um banho de algas vai lhe fazer bem.

Boa noite, murmurou Pereira. Levantou-se, foi-se afastando. Deu alguns passos, depois se virou. O doutor Cardoso estava sorrindo para ele. Chegarei pontualmente às nove, afirma ter dito Pereira.

17

Afirma Pereira que às nove horas da manhã desceu a escadaria que levava à praia da clínica. Nos rochedos que orlavam a praia haviam sido cavadas duas enormes piscinas de pedra em que as ondas do oceano entravam livremente. Os tanques estavam cheios de algas compridas, brilhantes e oleosas, que formavam uma camada compacta na superfície da água, e algumas pessoas chapinhavam lá dentro. Ao lado das piscinas havia duas cabanas de madeira pintadas de azul: os vestiários. Pereira viu o doutor Cardoso atento aos pacientes mergulhados nos tanques, dando orientações quanto aos movimentos. Pereira aproximou-se dele e desejou bom-dia. Sentia-se bem-humorado, afirma, e estava com vontade de entrar naqueles tanques, ainda que na praia fizesse frio e talvez a temperatura da água não fosse a ideal para um banho. Pediu ao doutor Cardoso que lhe arrumasse um traje de banho, porque ele esquecera de trazer o seu, justificou-se, e perguntou se não seria possível conseguir um à moda antiga, dos que cobrem o ventre e parte do peito. O doutor Cardoso meneou a cabeça. Sinto muito, doutor Pereira, disse, mas terá de vencer seus pudores, o efeito benéfico das algas se dá, acima de tudo, em contato com a epiderme, e é necessário que elas massageiem o ventre e o peito, terá que vestir uma roupa de banho curta, um calção. Pereira resignou-se e entrou no vestiário. Deixou as calças e a camisa de cor cáqui no guarda-roupa e saiu. O ar estava realmente frio, mas tonificante. Pereira sentiu a água com o pé, mas não a achou tão gelada como tinha imaginado. Entrou na água cautelosamente, sentindo um leve asco por causa de todas aquelas algas que grudavam em volta de seu corpo. O doutor Cardoso foi até a borda da piscina e começou a orientá-lo. Mexa os braços como se estivesse fazendo exercícios de ginástica, disse, e massageie o peito e o ventre com as algas. Pereira seguiu, sério, as instruções até ficar resfolegante. Então parou, com água até o pescoço, e começou a agitar lentamente as mãos. Como dormiu esta noite?, perguntou o doutor Cardoso. Bem, respondeu Pereira, mas fiquei lendo até tarde, trouxe comigo um livro de Alphonse Daudet, o senhor gosta de Daudet? Não o conheço bem, confessou o doutor Cardoso. Pensei em traduzir um conto dos *Contes du lundi*, gostaria de publicá-lo no *Lisboa*, disse Pereira. Conte-o para mim, disse o doutor Cardoso. Bem, disse Pereira, chama-se "La dernière Classe", fala de um professor de um povoado francês, na Alsácia, seus alunos são filhos de camponeses, moços pobres que têm de trabalhar a terra e que desertam das aulas, e o professor está desesperado. Pereira deu uns passos à frente para que a água não lhe entrasse na boca. E enfim, prosseguiu, chega-se ao último dia de aula, a guerra franco-prussiana acabou, o professor aguarda desesperançado a chegada de algum aluno, e em vez disso chegam todos os homens da aldeia, os camponeses, os velhos do vilarejo, para homenagear o professor francês que está de partida, porque sabem que no dia seguinte sua terra será ocupada pelos alemães, então o professor escreve na lousa "Viva a França", e vai-se assim, de lágrimas nos olhos, deixando na sala de aula uma grande emoção. Pereira tirou duas algas compridas dos braços e disse: o que me diz, doutor Cardoso? Bonito, respondeu o doutor Cardoso, mas não sei se hoje em Portugal apreciarão ler "Viva a França", com os tempos que correm, quem sabe o senhor não esteja dando espaço para seu novo eu hegemônico, doutor Pereira, parece-me vislumbrar um novo eu hegemônico. Mas o que está dizendo, doutor Cardoso, disse Pereira, esse é um conto do século XIX, são águas passadas. Sim, disse o doutor Cardoso, mas mesmo assim não deixa de ser um conto contra a Alemanha, e num país como o nosso não se mexe com a Alemanha, viu como foi imposta a saudação nas cerimônias oficiais, todos saúdam de braço esticado, como os nazistas. Veremos, disse Pereira, mas o *Lisboa* é um jornal independente. E depois perguntou: posso sair? Mais uns dez minutos, retrucou o doutor Cardoso, já que está aí, fique um pouco mais e complete o tempo da terapia, mas, desculpe-me, o que significa um jornal independente em Portugal? Um jornal que não está ligado a nenhum movimento político, respondeu Pereira. Pode ser, disse o doutor Cardoso, mas o diretor de seu jornal, caro doutor Pereira, é uma figura do regime, aparece em todas as manifestações oficiais e, do jeito que ele estica o braço, parece querer arremessá-lo como um dardo. Isso lá é verdade, admitiu Pereira, mas no fundo não é má pessoa e, no que diz respeito à página cultural, deu-me plenos poderes. Posição confortável a dele, contestou o doutor Cardoso, tem a censura prévia mesmo, todos os dias, antes de sair, as provas de seu jornal têm de passar pelo crivo da censura preventiva, e, se houver algo errado, pode ter certeza de que não vai ser publicado, podem até deixar um espaço em branco, já me aconteceu ver jornais portugueses com amplos espaços em branco, dão uma raiva enorme e uma enorme melancolia. Compreendo, disse Pereira, eu também já vi, mas no *Lisboa* isso ainda não aconteceu. Pode acontecer, rebateu em tom brincalhão o doutor Cardoso, isso dependerá do eu hegemônico que levará a melhor na sua confederação de almas. E prosseguiu: vou dizer uma coisa, doutor Pereira, se o senhor quiser ajudar seu eu hegemônico que está dando as caras, talvez devesse ir para outro lugar, deixar este país, acho que terá menos conflitos com o senhor mesmo, no fundo o senhor pode fazer isso, é um profissional sério, fala bem francês, é viúvo, não tem filhos, o que o segura neste país? Uma vida passada, respondeu Pereira, a saudade, e o senhor, doutor Cardoso, por que não volta para a França?, afinal, o senhor estudou lá e é de cultura francesa. Não descarto essa possibilidade, respondeu o doutor Cardoso, estou em contato com uma clínica talassoterápica de Saint-Malo, pode ser que de uma hora para outra eu me resolva. Agora posso sair?, perguntou Pereira. O tempo passou sem que nos déssemos conta, disse o doutor Cardoso, ficou na terapia quinze minutos a mais do que o necessário, pode ir se vestir, o que me diz de almoçarmos juntos? Com prazer, concordou Pereira.

 Naquele dia, Pereira almoçou na companhia do doutor Cardoso, afirma, e, seguindo seu conselho, escolheu uma merluza cozida. Falaram de literatura, de Maupassant e de Daudet, e da França, que era um grande país. Em seguida, Pereira recolheu-se a seu quarto e tirou uma soneca de uns quinze minutos, apenas cochilou, e depois ficou olhando para as tiras de luz e sombra das persianas refletidas no teto. No meio da tarde levantou-se, tomou um banho, vestiu-se, colocou sua gravata preta e sentou-se diante do retrato de sua mulher. Encontrei um médico inteligente, disse, chama-se Cardoso, estudou na França, ilustrou-me uma teoria sua sobre a alma humana, aliás, é uma teoria filosófica francesa, parece que dentro de nós há uma confederação de almas e que de vez em quando há um eu hegemônico que toma as rédeas da confederação, o doutor Cardoso afirma que estou mudando meu eu hegemônico, assim como as cobras mudam de pele, e que esse eu hegemônico mudará minha vida, não sei até que ponto isso é verdade e honestamente não estou lá muito convencido disso, bem, que se há de fazer?, veremos.

Depois se sentou à mesa e começou a traduzir "A última aula", de Daudet. Trouxera seu *Larousse*, que lhe foi muito útil. Mas só traduziu uma página, porque queria trabalhar com calma e porque aquele conto lhe fazia companhia. E de fato, durante toda a semana em que esteve na clínica talassoterápica, Pereira passou as tardes traduzindo o conto de Daudet, afirma.

Foi uma bela semana de dietas, terapias e descanso, alegrada pela presença do doutor Cardoso, com quem sempre teve conversas animadas e interessantes, em especial sobre literatura. Foi uma semana que passou num instante, no sábado saiu no *Lisboa* a primeira parte de "Honorine", de Balzac, e o doutor Cardoso elogiou-o. O diretor não telefonou nenhuma vez, o que significava que no jornal tudo ia bem. Monteiro Rossi também não deu sinal de vida, Marta tampouco. Nos últimos dias Pereira quase já não pensava neles. E, quando deixou a clinica para tomar o trem para Lisboa, sentia-se tonificado e em forma, e tinha emagrecido quatro quilos, afirma Pereira.

18

Voltou para Lisboa e boa parte de agosto passou como se nada fosse, afirma Pereira. Sua empregada ainda não havia voltado, encontrou um cartão-postal de Setúbal em sua caixa de correio que dizia: "Voltarei na segunda quinzena de setembro porque minha irmã tem que operar as varizes, meus melhores cumprimentos, Piedade."

Pereira tomou novamente posse de seu apartamento. Por sorte o tempo mudara e já não fazia aquele calorão. À noite se levantava uma impetuosa brisa atlântica que o obrigava a vestir o paletó. Voltou para a redação e não encontrou novidades. A zeladora já não estava carrancuda e cumprimentava-o com mais cordialidade, mas no patamar ainda pairava um terrível fedor de fritura. A correspondência era escassa. Encontrou a conta de luz e fez com que chegasse à redação central. Depois havia uma carta de Chaves, de uma senhora de cinquenta anos que escrevia contos infantis e que propunha um deles ao *Lisboa*. Era um conto de fadas e de elfos, que nada tinha a ver com Portugal e que a senhora devia ter copiado de algum conto irlandês. Pereira escreveu-lhe uma carta polida, convidando-a a se inspirar no folclore português, porque, disse, o *Lisboa* se dirige a leitores portugueses, não a leitores anglo-saxões. Lá pelo fim do mês chegou uma carta da Espanha. Estava endereçada a Monteiro Rossi, e o destinatário dizia: Señor Monteiro Rossi, a/c doutor Pereira, rua Rodrigo da Fonseca, 66, Lisboa, Portugal. Pereira sentiu-se tentado a abri-la. Quase se esquecera de Monteiro Rossi, ou pelo menos era o que acreditava, e achou incrível que o jovem tivesse fornecido o endereço da redação cultural do *Lisboa* para sua correspondência. Depois, colocou-a na pastinha "Necrológios" sem tê-la aberto. De dia almoçava no Café Orquídea, mas já não pedia omelete de ervas aromáticas, porque o doutor Cardoso proibira, e já não bebia limonada, pedia salada de peixe e bebia água mineral. "Honorine", de Balzac, já fora publicado integralmente, e fizera um enorme sucesso junto ao público. Pereira afirma ter recebido até dois telegramas, um de Tavira e outro de Estremoz, que diziam, o primeiro, que o conto era extraordinário, e o outro, que o arrependimento é algo em que todos devemos pensar, e ambos terminavam com a palavra obrigado. Pereira pensou que talvez alguém tivesse recolhido a mensagem na garrafa, quem sabe, e preparou-se para a redação definitiva do conto de Alphonse Daudet. Certa manhã, o diretor telefonou para parabenizá-lo pelo conto de Balzac, porque disse que a redação central havia recebido uma enxurrada de cartas de elogios. Pereira pensou que o diretor não podia captar a mensagem na garrafa, e congratulou-se sozinho. No fundo aquela era realmente uma mensagem cifrada, e só quem tinha condições de ouvir é que podia captá-la. O diretor não podia ouvi-la nem captá-la. E agora, doutor Pereira, perguntou-lhe o diretor, e agora qual é a novidade que prepara para nós? Acabei de traduzir um conto de Daudet, respondeu Pereira, espero que esteja bom para o senhor. Espero que não se trate de "L'Arlésienne", retrucou o diretor, revelando com satisfação um de seus poucos conhecimentos literários, é um conto um tanto ousado e não sei se seria adequado aos nossos leitores. Não, limitou-se a responder Pereira, é um conto dos *Contes du lundi*, chama-se "A última aula", não sei se o conhece, é um conto patriótico. Não conheço, respondeu o diretor, mas se é um conto patriótico, está bem, todos precisamos de patriotismo nesses tempos, o patriotismo é bom. Pereira despediu-se e desligou. Estava pegando as folhas datilografadas para levá-las à tipografia quando o telefone tocou novamente. Pereira já estava na porta, de paletó. Alô, disse uma voz feminina, bom dia, doutor Pereira, é a Marta, precisaria vê-lo. Pereira sentiu seu coração estremecer e perguntou: Marta, como vai, como vai Monteiro Rossi? Depois lhe conto, doutor Pereira, disse Marta, onde posso encontrá-lo esta noite? Pereira pensou por um instante e estava para dizer que passasse em sua casa, depois pensou que em sua casa era melhor não, e respondeu: no Café Orquídea, às oito e meia. Está bem, disse Marta, eu cortei os cabelos e os tingi de loiro, vemo-nos no Café Orquídea às oito e meia, de qualquer forma Monteiro Rossi está bem e lhe manda um artigo.

Pereira saiu para ir à tipografia, e sentia-se inquieto, afirma. Pensou em voltar para a redação e esperar a hora do jantar, mas percebeu que precisava voltar para casa e tomar um banho fresco. Tomou um táxi e obrigou-o a subir a rampa que levava até seu prédio, normalmente os táxis não queriam subir por aquela rampa porque era difícil fazer a manobra, de modo que Pereira teve de prometer uma gorjeta, porque se sentia esgotado, afirma. Entrou em casa e a primeira coisa que fez foi encher a banheira com água fresca. Imergiu-se e esfregou cuidadosamente o ventre, como lhe ensinara o doutor Cardoso. Depois vestiu o roupão e foi para a entrada, diante do retrato de sua mulher. Marta apareceu de novo, disse, parece que cortou os cabelos e os tingiu de loiro, sabe-se lá por quê, vai me trazer um artigo de Monteiro Rossi, mas o Monteiro Rossi, evidentemente, ainda está fazendo o que bem entende, aqueles jovens me preocupam, bem, que se há de fazer?, depois lhe conto o que está acontecendo.

Às oito e trinta e cinco, afirma Pereira, entrou no Café Orquídea. O único motivo pelo qual reconheceu Marta naquela moça magra, de cabelos curtos e loiros, que estava perto do ventilador, foi ela estar com o mesmo vestido de sempre, de outro modo não a teria reconhecido de jeito nenhum. Marta parecia transformada, aqueles cabelos curtos e loiros, de franjinha e atrás das orelhas, davam-lhe um ar traquinas e estrangeiro, francês, quem sabe. E ademais devia ter emagrecido pelo menos uns dez quilos. Seus ombros, que Pereira lembrava suaves e arredondados, mostravam duas omoplatas ossudas, como duas asas de frango. Pereira sentou-se diante dela e disse: boa noite, Marta, o que lhe aconteceu? Decidi modificar a minha fisionomia, respondeu Marta, em certas circunstâncias é necessário e para mim tinha-se tornado necessário me transformar em outra pessoa.

Sabe-se lá por que ocorreu a Pereira fazer uma pergunta. Não saberia dizer por que a fez. Talvez porque ela estivesse demasiado loira e demasiado artificial, e ele tivesse dificuldade em reconhecer nela a moça que conhecera, talvez porque de quando em vez ela lançasse ao redor uma olhada furtiva como se esperasse alguém ou temesse algo, o fato é que Pereira perguntou: ainda se chama Marta? Para o senhor eu sou Marta, claro, respondeu Marta, mas tenho um passaporte francês, chamo-me Lise

Delaunay, sou artista plástica e estou em Portugal para pintar aquarelas de paisagens, mas o verdadeiro motivo é o turismo.

    Pereira sentiu um enorme desejo de pedir uma omelete com ervas aromáticas e de beber uma limonada, afirma. Que acha se pedíssemos duas omeletes com ervas aromáticas?, perguntou para Marta. Com prazer, respondeu Marta, mas antes eu gostaria de tomar um Porto seco. Eu também, disse Pereira, e pediu dois copos de vinho do Porto seco. Sinto cheiro de encrenca, disse Pereira, está metida em apuros, Marta, pode confessar. Digamos que sim, respondeu Marta, mas são apuros de que gosto, sinto-me à vontade, no fundo esta é a vida que eu escolhi. Pereira abriu os braços. Se isso lhe apraz, disse, e Monteiro Rossi?, ele também está metido em encrenca, imagino, porque nunca mais apareceu, o que está acontecendo com ele? Posso falar de mim, mas não de Monteiro Rossi, disse Marta, eu respondo apenas por mim, ele ainda não deu sinal de vida ao senhor porque estava com uns problemas, por enquanto ainda está fora de Lisboa, rodando pelo Alentejo, mas seus problemas talvez sejam maiores do que os meus, de qualquer forma ele também precisa de dinheiro e por isso lhe manda este artigo, diz que é uma efeméride, se quiser pode entregar o dinheiro a mim, eu cuidarei de que chegue até ele.

    Imagine, os seus artigos, queria ter respondido Pereira, necrológios ou efemérides, dá na mesma, até hoje os paguei do meu próprio bolso, o Monteiro Rossi, nem sei por que eu não o despeço, eu lhe propus que fosse jornalista, tinha lhe apontado uma carreira. Mas não disse nada disso. Puxou a carteira e apanhou duas notas. Mande-as para ele em meu nome, e agora me dê o artigo. Marta tirou uma folha de papel da bolsa e passou-a para ele. Ouça, Marta, disse Pereira, gostaria, antes de mais nada, de dizer-lhe que para certas coisas pode contar comigo, embora eu preferisse permanecer alheio aos problemas de vocês, como você sabe eu não me interesso por política, de qualquer modo, se falar com Monteiro Rossi, diga-lhe que apareça, talvez eu possa ser de alguma ajuda para ele também, do meu jeito. O senhor é uma grande ajuda para todos nós, doutor Pereira, disse Marta, nossa causa não o esquecerá. Terminaram de comer as omeletes, e Marta disse que não podia demorar mais. Pereira despediu-se, e Marta foi-se embora deslizando delicadamente até a saída. Pereira ficou à mesa e pediu outra limonada. Teria gostado de falar sobre tudo aquilo com o padre António ou com o doutor Cardoso, mas àquela hora com certeza o padre António estava dormindo e o doutor Cardoso estava na Parede. Bebeu sua limonada e pagou a conta. O que anda acontecendo?, perguntou ao garçom quando ele se aproximou. Umas barbaridades, respondeu Manuel, umas barbaridades, doutor Pereira. Pereira colocou-lhe a mão no braço. Barbaridades em que sentido?, perguntou. Não sabe o que está acontecendo na Espanha?, respondeu o garçom. Não sei, disse Pereira. Parece que um grande escritor francês denunciou a repressão franquista na Espanha, disse Manuel, estourou um escândalo com o Vaticano. E como se chama esse grande escritor francês?, perguntou Pereira. Bem, respondeu Manuel, agora não me lembro, é um escritor que o senhor certamente conhece, chama-se Bernan, Bernadette, algo parecido. Bernanos, exclamou Pereira, chama-se Bernanos?! Isso mesmo, respondeu Manuel, é esse mesmo o nome. É um grande escritor católico, disse com orgulho Pereira, sabia que acabaria tomando uma posição, sua ética é ferrenha. E ocorreu-lhe que talvez o *Lisboa* pudesse publicar uns capítulos do *Journal d'un curé de campagne*, que ainda não tinha sido traduzido para o português.

Despediu-se de Manuel e deixou-lhe uma boa gorjeta. Estava com vontade de falar com o padre António, mas o padre António àquela hora dormia, levantava-se todas as manhãs às seis horas para celebrar a missa na igreja das Mercês, afirma Pereira.

19

Na manhã seguinte Pereira acordou muito cedo, afirma, e foi visitar o padre António. Surpreendeu-o na sacristia da igreja, enquanto estava tirando os paramentos sagrados. A sacristia estava muito fresca, nas paredes havia pinturas religiosas e ex-votos.

Bom dia, padre António, disse Pereira, aqui estou eu. Pereira, resmungou o padre António, nunca mais apareceu por aqui, mas onde você se meteu? Fui à Parede, justificou-se Pereira, passei uma semana na Parede. Na Parede!?, exclamou padre António, e o que você foi fazer na Parede? Fui para uma clínica talassoterápica, respondeu Pereira, tomar banhos de algas e fazer terapias naturais. Padre António pediu-lhe que o ajudasse a tirar a estola e disse: você tem cada ideia! Emagreci quatro quilos, acrescentou Pereira, e conheci um médico que me contou uma teoria interessante sobre a alma. Foi por isso que você veio?, perguntou o padre António. Em parte, admitiu Pereira, mas também queria falar de outras coisas. Pois então fale, disse o padre António. Bem, começou Pereira, trata-se de uma teoria de dois filósofos franceses que também são psicólogos; afirmam que nós não temos só uma alma, e sim uma confederação de almas que é guiada por um eu hegemônico, e de vez em quando esse eu hegemônico muda, de modo que alcançamos uma norma, mas não se trata de uma norma estável, trata-se de uma norma variável. Ouça bem, Pereira, disse o padre António, eu sou um franciscano, sou uma pessoa simples, mas me parece que você está se tornando um herético, a alma humana é una e indivisível, Deus é quem nos deu a alma. Sim, retrucou Pereira, porém, se no lugar da alma, como querem os filósofos franceses, colocarmos a palavra personalidade, eis que já não há heresia, estou convencido de que não temos só uma personalidade, temos várias personalidades que convivem entre si sob a direção de um eu hegemônico. Parece-me uma teoria capciosa e perigosa, contestou o padre António, a personalidade depende da alma, e a alma é una e indivisível, sua conversa cheira a heresia. Ainda assim, sinto-me diferente de há alguns meses, confessou Pereira, penso coisas que jamais teria pensado, faço coisas que jamais teria feito. Deve ter-lhe acontecido algo, disse o padre António. Conheci duas pessoas, disse Pereira, um rapaz e uma moça, e ao conhecê-los talvez eu tenha mudado. Isso acontece, respondeu o padre António, as pessoas nos influenciam, acontece. Não vejo como poderiam me influenciar, disse Pereira, são dois pobres românticos sem futuro, se alguém tiver de influenciar o outro, esse alguém sou eu, sou eu quem os sustenta, aliás, o rapaz é praticamente bancado por mim, não faço outra coisa a não ser lhe dar dinheiro do meu próprio bolso, contratei-o como estagiário, mas não me escreve nenhum artigo publicável que seja, ouça, padre António, acha que me faria bem confessar-me? Cometeu pecados contra a carne?, perguntou o padre António. A única carne que conheço é a que eu carrego, respondeu Pereira. Então ouça, Pereira, concluiu o padre António, não me faça perder tempo, porque, para a confissão, eu tenho de me concentrar e não quero me cansar, daqui a pouco preciso visitar os meus doentes, vamos falar à toa, sobre suas coisas em geral, mas não em confissão, como amigos.

O padre António sentou-se num banco da sacristia, e Pereira colocou-se a seu lado. Ouça, padre António, disse Pereira, eu creio em Deus, pai onipotente, recebo os sacramentos, observo os mandamentos e procuro não pecar, ainda que vez ou outra deixe de ir à missa aos domingos, mas isso não é por má-fé, é por simples preguiça, acredito ser um bom católico e me importo com os ensinamentos da Igreja, mas agora eu estou um pouco confuso e, além disso, apesar de ser jornalista, não estou informado sobre o que acontece no mundo, e agora estou muito perplexo porque me parece haver uma grande polêmica sobre as posições dos escritores católicos franceses a respeito da guerra civil espanhola, gostaria que o senhor me colocasse um pouco a par disso, padre António, porque o senhor sabe das coisas e eu gostaria de saber como devo me comportar para não ser um herege. Mas, afinal, em que mundo você vive, Pereira, exclamou o padre António. Bem, procurou justificar-se Pereira, o fato é que eu passei uma semana na Parede e além do mais neste verão não comprei jornal estrangeiro nenhuma vez, e pelos jornais portugueses não se consegue saber muita coisa, as únicas novidades de que estou a par são as das conversas dos cafés.

Afirma Pereira que o padre António se levantou e se postou à sua frente com uma expressão que lhe pareceu ameaçadora.

Ouça, Pereira, disse, o momento é grave e cada qual tem de fazer as próprias escolhas, eu sou um homem da Igreja e tenho que obedecer à minha hierarquia, mas você é livre para fazer suas escolhas pessoais, mesmo sendo católico. Então me explique tudo, implorou Pereira, porque eu gostaria de fazer minhas escolhas, mas não estou bem informado. Padre António assoou o nariz, cruzou as mãos sobre o peito e perguntou: conhece o problema do clero basco? Não, admitiu Pereira. Tudo começou com o clero basco, disse o padre António, depois do bombardeio de Guernica, o clero basco, que era considerado o mais cristão da Espanha, alinhou-se com a república. Padre António assoou o nariz como se estivesse emocionado e prosseguiu: na primavera do ano passado, dois ilustres escritores católicos franceses, François Mauriac e Jacques Maritain, publicaram um manifesto em defesa dos bascos. Mauriac!, exclamou Pereira, bem que eu disse que precisava preparar um eventual necrológio para Mauriac, ele é um homem capaz, mas Monteiro Rossi não conseguiu escrevê-lo. Quem é Monteiro Rossi?, perguntou o padre António. É o estagiário que eu contratei, respondeu Pereira, mas não consegue escrever nenhum necrológio para os escritores católicos que tomaram boas posições políticas. Mas por que quer fazer um necrológio para ele, perguntou o padre António, pobre Mauriac, deixe-o viver, precisamos dele, por que quer que morra? Oh! não é isso, eu não quero, disse Pereira, espero que dure cem anos, mas suponhamos que de uma hora para outra ele viesse a falecer, em Portugal haveria pelo menos um jornal a fazer-lhe uma homenagem oportuna, e esse jornal seria o *Lisboa*, de qualquer forma desculpe, padre António, prossiga. Bem, disse o padre António, o problema complicou-se com o Vaticano, que declarou que milhares de religiosos espanhóis haviam sido mortos pelos republicanos, e que os católicos bascos eram uns "cristãos vermelhos" e deviam ser excomungados, e assim fez, e a isso se somou Claudel, o famoso Paul Claudel, escritor católico ele também, que escreveu uma ode "Aux Martyrs espagnols" como prefácio em versos a um mefítico opúsculo de propaganda de um agente nacionalista de Paris. Claudel, disse Pereira, Paul Claudel? O padre António assoou o nariz outra vez. Esse mesmo, disse, como você o definiria, Pereira? Assim de repente não saberia dizer, respondeu Pereira, ele também é católico, tomou uma posição diferente, fez suas escolhas. Mas como assim de repente não saberia, Pereira?! exclamou o padre António, esse Claudel é um filho da puta, eis o que ele é, e sinto estar num lugar sagrado ao dizer essas palavras, porque gostaria de dizê-las no meio da rua. E depois?, perguntou Pereira. Depois, continuou o padre António, depois as altas hierarquias do clero espanhol, encabeçadas pelo cardeal Gomá, arcebispo de Toledo, tomaram a decisão de mandar uma carta aberta aos bispos do mundo inteiro, entendeu, Pereira?, aos bispos do mundo inteiro, como se os bispos do mundo inteiro fossem todos uns fascistões da mesma laia deles, e dizem que milhares de cristãos na Espanha tomaram as armas por conta própria para salvar os princípios da religião. Sim, disse Pereira, mas e os mártires espanhóis, os religiosos mortos? Padre António ficou em silêncio por um instante e depois disse: talvez sejam mártires, de qualquer forma todos eles tramavam contra a república, e além do mais ouça, a república era constitucional, foi votada pelo povo, Franco deu um golpe de Estado, é um bandido. E Bernanos, perguntou Pereira, o que Bernanos tem a ver com isso tudo?, ele também é um escritor católico. Ele é o único que realmente conhece a Espanha, disse o padre António, desde trinta e quatro até o ano passado esteve na Espanha, escreveu sobre os massacres dos franquistas, o Vaticano não o suporta porque ele é uma verdadeira testemunha. Sabe, padre António, disse Pereira, pensei em publicar na página cultural do *Lisboa* um dos capítulos do *Journal d'un curé de campagne*, o que lhe parece? Parece-me uma ideia maravilhosa, respondeu o padre António, mas não sei se vão deixá-lo publicar isso, não gostam nada de Bernanos neste país, ele não foi nem um pouco brando ao escrever sobre o batalhão Viriato, o contingente militar português que foi à Espanha combater ao lado de Franco, e agora me desculpe, Pereira, mas tenho que ir ao hospital, meus doentes me esperam.

Pereira levantou-se e despediu-se. Até logo, padre António, disse, desculpe-me por lhe fazer perder esse tempo todo, da próxima vez será para me confessar. Você não precisa, retrucou o padre António, trate de cometer antes alguns pecados e só venha depois, não me faça perder tempo à toa.

Pereira saiu e subiu com dificuldade a rua da Imprensa Nacional. Ao chegar diante da igreja de São Mamede, sentou-se num banco da pracinha. Diante da igreja fez o sinal da cruz, depois esticou as pernas e ficou tomando um pouco de ar fresco. Teria gostado de tomar uma limonada, e bem ali ao lado havia um café. Mas se conteve. Limitou-se a descansar à sombra, tirou os sapatos e tomou um pouco de ar fresco nos pés. Depois, encaminhou-se vagarosamente para a redação, pensando em suas lembranças. Pereira afirma que pensou em sua infância, uma infância passada em Póvoa do Varzim, com os avós, uma infância feliz, ou que pelo menos ele considerava feliz, mas de sua infância não quer falar, porque afirma que não tem nada a ver com esta história nem com aquele dia de final de agosto, em que o verão estava declinando e ele se sentia tão confuso.

Pelas escadas encontrou a zeladora, que o cumprimentou cordialmente e lhe disse: bom dia, doutor Pereira, nada de correspondência hoje para o senhor e nenhum telefonema. Como assim, telefonema?, perguntou Pereira espantado, a senhora entrou na redação? Não, disse Celeste com ar triunfante, mas de manhã vieram os técnicos da companhia telefônica acompanhados de um delegado, ligaram seu telefone com a zeladoria, disseram que, se não houver ninguém na redação, é melhor que alguém atenda as chamadas, dizem que sou uma pessoa de confiança. A senhora é uma pessoa de excessiva confiança para esses sujeitos, Pereira teria gostado de responder, mas não disse nada. Apenas perguntou: e se eu precisar ligar? Tem que passar pela telefonista, respondeu Celeste satisfeita, e agora sua telefonista sou eu, é para mim que o senhor deve pedir os números das ligações, e pensar que eu não queria, doutor Pereira, trabalho a manhã toda e tenho que preparar almoço para quatro pessoas, porque tenho quatro bocas para alimentar, não falo dos filhos, que comem qualquer coisa, mas tenho um marido muito exigente, quando volta da delegacia, às quatorze horas, tem uma fome de leão e é muito exigente. Percebe-se pelo cheiro de fritura que paira pelas escadas, respondeu Pereira, e não disse mais nada. Entrou na redação, tirou o fone do gancho e pegou do bolso o papel que Marta lhe havia entregado na noite anterior. Era um artigo escrito a mão, com tinta azul, e no alto estava escrito: "Efemérides". Dizia: "Há oito anos, em

1930, morria em Moscou o grande poeta Vladimir Maiakóvski. Matou-se com um tiro de pistola, por desilusões amorosas. Era filho de um inspetor florestal. Depois de ter aderido, muito jovem ainda, ao partido bolchevique, foi preso três vezes e foi torturado pela polícia czarista. Grande propagandista da Rússia revolucionária, fazia parte dos futuristas russos, que se distinguem politicamente dos futuristas italianos, e empreendeu uma turnê por seu país, a bordo de uma locomotiva, recitando pelas aldeias seus versos revolucionários. Suscitou o entusiasmo do povo. Foi artista, desenhista, poeta e homem de teatro. Sua obra não foi traduzida para o português, mas pode ser comprada, em francês, na livraria da rua do Ouro, em Lisboa. Foi amigo do grande cineasta Eisenstein, com quem colaborou em vários filmes. Deixa-nos uma obra vastíssima em prosa, poesia e teatro. Celebramos aqui o grande democrata e fervoroso anticzarista."

Pereira, apesar de o tempo não estar muito quente, sentiu uma camada de suor lhe enfaixar o pescoço. Aquele artigo, teria gostado de jogá-lo fora por ser bobo demais. Mas, em vez disso, abriu a pastinha dos "Necrológios" e enfiou-o lá dentro. Depois vestiu o paletó e pensou que já estava na hora de voltar para casa, afirma.

20

Naquele sábado, a tradução de "A última aula", de Alphonse Daudet, saiu no *Lisboa*. A matéria passara tranquilamente pela censura, e Pereira afirma ter pensado que no fundo se podia escrever, sim, "Viva a França", e que o doutor Cardoso estava errado. Também dessa vez, Pereira não assinara a tradução. Afirma ter agido assim porque não lhe parecia bonito que o diretor de uma página cultural assinasse a tradução de um conto, pois todos os leitores acabariam compreendendo que na verdade quem fazia a página cultural era ele, e isso o incomodava. Foi uma questão de orgulho, afirma.

Pereira leu o conto com grande satisfação, eram dez horas da manhã, era domingo, e ele já estava na redação porque tinha se levantado muito cedo, tinha começado a traduzir o primeiro capítulo do *Journal d'un curé de campagne*, de Bernanos, e estava trabalhando nisso com afinco. Nesse instante o telefone tocou. Pereira costumava tirá-lo do gancho, porque, desde que fora ligado com a zeladora, detestava que ela lhe passasse as ligações, mas naquela manhã tinha se esquecido de tirá-lo do gancho. Alô, doutor Pereira, disse a voz de Celeste, há uma chamada para o senhor da clínica talassopírica da Parede. Talassoterápica, corrigiu Pereira. Enfim, algo parecido, disse a voz de Celeste, o senhor vai atender ou devo dizer que não está? Passe a ligação, disse Pereira. Ouviu o clique de uma chave e uma voz disse: alô, é o doutor Cardoso, gostaria de falar com o doutor Pereira. Sou eu, respondeu Pereira, bom dia, doutor Cardoso, prazer em ouvi-lo. O prazer é todo meu, disse o doutor Cardoso, como vai, doutor Pereira, está seguindo minha dieta? Faço o que posso, admitiu Pereira, faço o que posso, mas não é fácil. Ouça, doutor Pereira, estou para tomar o trem para Lisboa, ontem eu li o conto de Daudet, é realmente maravilhoso, gostaria de falar sobre isso com o senhor, o que me diz de nos vermos para o almoço? Conhece o Café Orquídea?, perguntou

Pereira, fica na rua Alexandre Herculano, depois do açougue kosher. Conheço, sim, disse o doutor Cardoso, a que horas, doutor Pereira? Às treze horas, disse Pereira, se estiver bom para o senhor. Perfeito, respondeu o doutor Cardoso, às treze, até logo mais. Pereira tinha certeza de que Celeste ficara ouvindo a conversa toda, mas não ligou muito, não tinha dito nada pelo que devesse temer. Continuou traduzindo o primeiro capítulo do romance de Bernanos e dessa vez tirou o fone do gancho, afirma. Trabalhou até as quinze para a uma, depois vestiu o paletó, colocou a gravata no bolso e saiu.

Quando entrou no Café Orquídea, o doutor Cardoso ainda não havia chegado. Pereira pediu que arrumassem a mesa próxima ao ventilador e sentou-se. Como aperitivo pediu uma limonada porque estava com sede, mas sem açúcar. Quando o garçom chegou com a limonada, Pereira perguntou: quais são as notícias, Manuel? Notícias contrastantes, respondeu o garçom, parece que agora na Espanha há certo equilíbrio, os nacionalistas conquistaram o Norte, mas os republicanos estão vencendo no Centro, parece que a Décima Quinta Brigada Internacional se portou valorosamente em Saragoça, o Centro está nas mãos da república, e os italianos que apoiam Franco estão se portando de um jeito vergonhoso. Pereira sorriu e perguntou: o senhor está torcendo para quem, Manuel? Às vezes por um, às vezes por outro, respondeu o garçom, porque os dois são fortes, mas desse negócio de nossos rapazes da Viriato terem ido combater contra os republicanos eu não gosto mesmo, no fundo também somos uma república, enxotamos o rei em mil novecentos e dez, não vejo por que motivo se combate contra a república. Correto, aprovou Pereira.

Nesse instante o doutor Cardoso entrou. Pereira sempre o tinha visto de avental branco e, ao vê-lo assim, vestido normalmente, pareceu-lhe mais jovem, afirma. O doutor Cardoso vestia uma camisa listrada e um paletó claro e parecia meio acalorado. O doutor Cardoso sorriu-lhe, e Pereira retribuiu o sorriso. Apertaram-se as mãos, e o doutor Cardoso sentou-se. Formidável, doutor Pereira, disse o doutor Cardoso, formidável, é mesmo um belíssimo conto, não pensava que Daudet tivesse tanta força, vim para parabenizá-lo, mas é uma pena que o senhor não tenha assinado a tradução, eu teria gostado de ver o seu nome entre parênteses logo abaixo do conto. Pereira explicou pacientemente que não tinha assinado por humildade, aliás, por orgulho, porque não queria que os leitores percebessem que aquela página era feita inteiramente por ele, que, afinal, era o diretor, queria dar a impressão de que o jornal tinha outros colaboradores, que era um jornal como manda o figurino, enfim: não tinha assinado pelo *Lisboa*.

Pediram duas saladas de peixe. Pereira teria preferido uma omelete com ervas aromáticas, mas não teve coragem de pedi-la na presença do doutor Cardoso. Talvez seu novo eu hegemônico tenha ganhado alguns pontos, murmurou o doutor Cardoso. Em que sentido?, perguntou Pereira. No sentido de que o senhor pôde escrever "Viva a França", disse o doutor Cardoso, mesmo que por pessoa interposta. Foi uma bela satisfação, admitiu Pereira, e depois, fingindo estar informado, continuou: sabe que a Décima Quinta Brigada Internacional está levando a melhor na Espanha central?, parece que se portou heroicamente em Saragoça. Não se iluda demais, doutor Pereira, retrucou o doutor Cardoso, Mussolini enviou para Franco uma porção de submarinos, e os alemães apoiam-no com a aviação, os republicanos não vão conseguir. Mas os soviéticos estão com eles, contestou Pereira, as brigadas internacionais, todos os povos que se despencaram para a Espanha para socorrer os republicanos. Eu não me iludiria tanto, repetiu o doutor Cardoso, queria lhe dizer que consegui fechar um acordo com a clínica de Saint-Malo, vou partir em quinze dias. Não me deixe, doutor Cardoso, teria gostado de dizer Pereira, por favor, não me deixe. E em vez disso disse: não nos deixe, doutor Cardoso, não deixe nossa gente, este país precisa de pessoas como o senhor. Infelizmente a verdade é que não precisa, respondeu o doutor Cardoso, ou ao menos eu não preciso dele, acho melhor eu ir para a França antes do desastre. O desastre, disse Pereira, que desastre? Não sei, respondeu o doutor Cardoso, estou à espera de um desastre, um desastre geral, mas não quero angustiá-lo, doutor Pereira, o senhor talvez esteja elaborando seu novo eu hegemônico e precisa de calma, enquanto isso eu vou embora, mas me diga, seus jovens, como vão?, os jovens que conheceu e que colaboram com seu jornal. Só um deles colabora comigo, respondeu Pereira, mas ainda não fez nem um artigo publicável, imagine o senhor que ele me mandou um artigo sobre Maiakóvski, celebrando o revolucionário bolchevique, nem sei por que continuo a lhe dar dinheiro por artigos impublicáveis, talvez porque esteja metido em encrenca, disso tenho certeza, e sua namorada também está metida em encrenca, e eu sou o único ponto de referência deles. O senhor está ajudando os dois, disse o doutor Cardoso, eu percebo, mas menos do que gostaria realmente, talvez, se seu novo eu hegemônico vier à tona, o senhor poderá fazer algo mais, doutor Pereira, desculpe-me por ser tão franco. E então ouça, doutor Cardoso, disse Pereira, contratei esse moço para fazer necrológios antecipados e efemérides, mas só me mandou artigos delirantes e revolucionários, como se não soubesse em que país vivemos, sempre lhe dei dinheiro do meu bolso para não pesar para o jornal e porque era melhor não envolver o diretor, protegi-o, escondi um primo dele, que me parece um miserável e que combate nas brigadas internacionais na Espanha, agora continuo lhe mandando dinheiro, e ele vagueia pelo Alentejo, o que mais posso fazer? Poderia ir visitá-lo, respondeu com simplicidade o doutor Cardoso. Ir visitá-lo, exclamou Pereira, ir atrás dele no Alentejo, em seus deslocamentos clandestinos, e além do mais onde ir visitá-lo, se nem mesmo sei onde mora? A namorada dele com certeza sabe, disse o doutor Cardoso, tenho certeza de que a namorada sabe, mas não lhe diz porque não tem absoluta confiança no senhor, doutor Pereira, mas talvez o senhor pudesse conquistar sua confiança, mostrando-se menos circunspecto, o senhor tem um superego forte, doutor Pereira, e esse superego está lutando contra seu novo eu hegemônico, o senhor está em conflito consigo próprio nessa batalha que se agita em sua alma, o senhor deveria abandonar seu superego, deveria deixar que ele seguisse para seu destino como um detrito. E de mim, o que sobraria?, perguntou Pereira, eu sou o que sou, com minhas lembranças, com minha vida passada, as recordações de Coimbra e de minha mulher, uma vida passada como repórter de um grande jornal, de mim o que restaria? A elaboração do luto, disse o doutor Cardoso, é uma expressão freudiana, desculpe-me, eu sou um sincretista e pesquei um pouco aqui e um pouco acolá, mas o senhor tem necessidade de elaborar um luto, tem necessidade de dizer adeus à sua vida passada, tem necessidade de viver no presente, um homem não pode viver como o senhor, doutor Pereira, pensando apenas no passado. E minhas recordações, perguntou Pereira, e o que eu vivi? Seriam somente recordações, respondeu o doutor Cardoso, mas não invadiriam o seu presente de modo tão prepotente, o senhor vive projetado no passado, o senhor está aqui como se estivesse em Coimbra trinta anos atrás e como se sua mulher ainda fosse viva, se o senhor continuar assim, irá se tornar uma espécie de fetichista das lembranças, talvez comece até a falar com o retrato de sua mulher. Pereira secou a boca com o guardanapo, baixou a voz e disse: eu já faço isso, doutor Cardoso. O doutor Cardoso sorriu. Eu vi o retrato de sua mulher em seu quarto, na clínica, disse, e pensei: este homem fala mentalmente com o retrato de sua mulher, ainda não elaborou o luto, foi isso mesmo que pensei, doutor Pereira. Na verdade não é bem assim, eu não falo mentalmente com ela, acrescentou Pereira, eu falo em voz alta, conto-lhe todas as minhas coisas, e é como se o retrato respondesse. São fantasias ditadas pelo superego, disse o doutor Cardoso, o senhor deveria falar com alguém sobre coisas assim. Mas não tenho ninguém com quem falar, confessou Pereira, sou sozinho, tenho um amigo que é professor na Universidade de Coimbra, fui visitá-lo nas termas de Buçaco e fui embora no dia seguinte porque não o suportava, os professores universitários estão todos a favor da situação política, e ele não é uma exceção, e depois há o diretor, mas ele participa de todas as manifestações oficiais com braço esticado feito um dardo, imagine só se eu poderia falar com ele, e depois tem a zeladora da redação, a Celeste, que é uma informante da polícia, e agora também é dublê de telefonista, e depois haveria Monteiro Rossi, mas está foragido. Foi Monteiro Rossi que conheceu?, perguntou o doutor Cardoso. É o meu estagiário, respondeu Pereira, é o jovem que escreve artigos que não posso publicar. E o senhor procure por ele, retrucou o doutor Cardoso, como lhe disse antes, procure-o, doutor Pereira, ele é jovem, é o futuro, o senhor precisa frequentar um jovem, mesmo que escreva artigos que não possam ser publicados por seu jornal, pare de frequentar o passado, procure frequentar o futuro. Que bela expressão, disse Pereira, frequentar o futuro, que bela expressão, nunca teria me ocorrido. Pereira pediu uma limonada sem açúcar e continuou: e depois haveria o senhor, doutor Cardoso, com quem gosto muito de falar e com quem falaria com prazer no futuro, mas o senhor vai nos deixar, o senhor vai me deixar, vai me deixar aqui na solidão, e eu não tenho ninguém a não ser o retrato de minha mulher, como pode compreender. O doutor Cardoso tomou o café que Manuel lhe trouxera. Eu posso falar com o senhor em Saint-Malo, se vier me visitar, doutor Pereira, disse o doutor Cardoso, não está escrito em lugar nenhum que este país seja para o senhor, e depois aqui há lembranças demais, procure jogar no bueiro seu superego e dê espaço a seu novo eu hegemônico, talvez possamos nos ver em outras ocasiões, e o senhor será um homem diferente.

O doutor Cardoso insistiu em pagar o almoço, e Pereira aceitou de bom grado, afirma, porque com aquelas duas notas que dera a Marta na noite anterior sua carteira estava bem desprovida. O doutor Cardoso levantou-se e cumprimentou-o. Até breve, doutor Pereira, disse, espero revê-lo na França ou em outro país deste vasto mundo, e, por favor, dê espaço ao seu novo eu hegemônico, deixe-o ser, precisa nascer, precisa se afirmar.

Pereira levantou-se e cumprimentou-o. Ficou olhando enquanto ele se afastava e sentiu uma enorme saudade, como se aquela despedida fosse irremediável. Pensou na semana que passara na Clínica Talassoterápica da Parede, em suas conversas com o doutor Cardoso, em sua solidão. E, quando o doutor Cardoso saiu pela porta e desapareceu na rua, ele se sentiu só, realmente só, e pensou que, quando se está realmente só, é o momento de se medir com o próprio eu hegemônico que está querendo se impor sobre as coortes das almas. Mas, mesmo pensando assim, não sentiu nenhum alento, sentiu, ao contrário, uma saudade enorme, não saberia dizer de quê, mas era uma saudade enorme de uma vida passada e de uma vida futura, afirma Pereira.

21

Na manhã seguinte, Pereira acordou com o telefone tocando, afirma. Ainda estava em seu sonho, um sonho que lhe pareceu ter sonhado a noite toda, um sonho muito comprido e feliz que não acredita ser oportuno revelar por não ter nada a ver com esta história.

Pereira reconheceu de imediato a voz da senhorita Filipa, a secretária do diretor. Bom dia, doutor Pereira, disse Filipa suavemente, vou lhe passar o senhor diretor. Pereira terminou de acordar e sentou-se à beira da cama. Bom dia, doutor Pereira, disse o diretor, é o diretor. Bom dia, senhor diretor, respondeu Pereira, foi bem de férias? Ótimas, disse o diretor, foram ótimas, as termas de Buçaco são realmente um lugar maravilhoso, mas acho que já lhe disse isso, se não me engano já nos falamos depois disso. Ah! sim, claro, disse Pereira, nós nos falamos quando saiu o conto de Balzac, desculpe-me, mas acabo de acordar e minhas ideias ainda não estão claras. De vez em quando acontece não termos as ideias claras, disse o diretor com certa rudeza, e acho que pode acontecer até com o senhor, doutor Pereira. De fato, respondeu Pereira, a mim me acontece sobretudo pela manhã porque tenho quedas de pressão. Estabilize-a com um pouco de sal, aconselhou o diretor, um pouco de sal debaixo da língua e as quedas de pressão se estabilizam, mas não é por isso que lhe telefono, para falar de sua pressão, doutor Pereira, o fato é que o senhor nunca aparece na redação central, esse é o problema, fica trancafiado naquela salinha da rua Rodrigo da Fonseca e nunca vem conversar comigo, não me expõe seus projetos, e o senhor faz o que lhe dá na cabeça. Na verdade, senhor diretor, redarguiu Pereira, desculpe-me, mas o senhor me deu carta branca, disse que a página cultural era de minha responsabilidade, enfim, deu-me toda a liberdade de ação. Toda a liberdade de ação, sim, continuou o diretor, mas não acha que de vez em quando o senhor deveria conversar comigo? Seria bom para mim também, disse Pereira, porque na realidade estou sozinho, excessivamente sozinho fazendo cultura, e o senhor disse que não quer cuidar de cultura. E seu estagiário, perguntou o diretor, não tinha me dito que ia contratar um estagiário? Sim, respondeu Pereira, mas os artigos dele estão crus, por enquanto, e além do mais não morreu nenhum literato interessante, e além disso é um rapaz muito jovem e pediu-me férias, deve estar tomando banhos de mar, há quase um mês não aparece. O senhor que o despeça, doutor Pereira, disse o diretor, que utilidade tem um estagiário que não sabe escrever e que sai de férias? Vamos lhe dar mais uma chance, retrucou Pereira, afinal tem de aprender o ofício, é só um jovem inexperiente, tem de ficar mais tarimbado. Àquela altura da conversa, introduziu-se a voz doce da senhorita Filipa. Desculpe, senhor diretor, disse, há uma ligação para o senhor do governo civil, parece-me urgente. Bem, doutor Pereira, disse o diretor, volto a chamá-lo em vinte minutos, enquanto isso acorde direito e derreta um pouco de sal debaixo da língua. Se quiser, eu ligo de volta para o senhor, disse Pereira. Não, respondeu o diretor, preciso ficar à vontade, quando terminar, eu mesmo ligo, até logo.

Pereira levantou-se e foi tomar um banho rápido. Preparou o café e comeu um biscoito salgado. Depois se vestiu e foi à entrada. O diretor vai me telefonar, disse para o retrato de sua mulher, parece estar fazendo rodeios, mas ainda não deu o bote, não entendo o que ele está querendo comigo, mas vai dar o bote, sim, o que você acha? O retrato de sua mulher sorriu o seu sorriso distante, e Pereira concluiu: bem, que se há de fazer?, vamos ver o que o diretor quer, eu não tenho nada de que me repreender, pelo menos no que diz respeito ao jornal, tudo o que faço é traduzir contos franceses do século XIX.

Sentou-se à mesa da sala e pensou em escrever uma efeméride sobre Rilke. Mas no fundo não tinha vontade de escrever nada sobre Rilke, aquele homem tão elegante e esnobe que frequentara a alta sociedade, para o diabo com ele, pensou Pereira. Começou a traduzir umas frases do conto de Bernanos, era mais complicado do que imaginara, ao menos no começo, e ele só estava no primeiro capítulo, ainda nem tinha entrado na história. Naquele instante o telefone tocou. Bom dia novamente, doutor Pereira, disse a voz doce da senhorita Filipa, vou passar o senhor diretor. Pereira aguardou alguns segundos, e depois a voz do diretor, grave e pausada, disse: bem, doutor Pereira, o que falávamos? O senhor dizia que eu fico trancafiado em minha redação na rua Rodrigo da Fonseca, senhor diretor, disse Pereira, mas aquela é a sala em que trabalho, onde trato de cultura, no jornal não saberia o que fazer, os jornalistas, eu não os conheço, fui repórter por muitos anos em outro jornal, mas o senhor não quis me passar a crônica, quis me passar a cultura, e com jornalistas políticos eu não tenho contatos, não sei o que eu poderia fazer aí no jornal. Desabafou, doutor Pereira?, perguntou o diretor. Desculpe, senhor diretor, disse Pereira, não queria desabafar, queria somente lhe dar minhas razões. Está bem, disse o diretor, mas agora eu gostaria de fazer uma simples pergunta, por que nunca sente necessidade de vir conversar comigo, o seu diretor? Porque o senhor me disse que cultura não lhe diz respeito, senhor diretor, respondeu Pereira. Ouça, doutor Pereira, disse o diretor, não sei se o senhor é duro de ouvido ou se realmente não quer entender, o fato é que estou convocando o senhor, compreende?, o senhor é quem deveria, de tempos em tempos, solicitar uma conversa comigo, mas a esta altura, visto que o senhor é cabeça-dura, eu é que peço uma conversa com o senhor. Estou à sua disposição, disse Pereira, à sua inteira disposição. Bom, disse o diretor, então venha ao jornal às dezessete horas, e agora até logo e passe bem, doutor Pereira.

 Pereira percebeu que estava suando ligeiramente. Trocou a camisa, pois estava molhada nas axilas, e pensou em ir à redação e esperar até as cinco da tarde. Depois disse para si mesmo que na redação não havia nada para fazer, e teria que ver Celeste e tirar o fone do gancho, melhor ficar em casa. Voltou à mesa da sala de jantar e pôs-se a traduzir Bernanos. Certamente era um romance complicado, e lento também, o que será que achariam os leitores do *Lisboa* ao ler o primeiro capítulo? Apesar de tudo, foi adiante e traduziu umas páginas. Na hora do almoço pensou em preparar algo, mas sua despensa estava desabastecida. Pereira afirma ter pensado que talvez pudesse comer uma coisinha no Café Orquídea, mesmo que tarde, e depois ir ao jornal. Vestiu o terno claro e a gravata preta, e saiu. Tomou o bonde até o Terreiro do Paço e ali baldeou para a rua Alexandre Herculano. Quando entrou no Café Orquídea, eram quase três horas e o garçom estava limpando as mesas. Venha, doutor Pereira, disse cordialmente Manuel, para o senhor sempre há um prato, imagino que ainda não tenha almoçado, vida de jornalista é dura. É, sim, respondeu Pereira, em particular para os jornalistas que não sabem de nada, como nunca se sabe de nada neste país, quais são as novas? Parece que alguns navios ingleses foram bombardeados ao largo de Barcelona, respondeu Manuel, e que um navio de passageiros francês foi seguido até os Dardanelos, são os submarinos italianos, os italianos são fortíssimos em submarinos, é a especialidade deles. Pereira pediu uma limonada sem açúcar e uma omelete com ervas aromáticas. Sentou-se perto do ventilador, mas naquele dia o ventilador estava desligado. Desligamos, disse Manuel, o verão já acabou, ouviu que tempestade esta noite? Não ouvi, respondeu Pereira, dormi direto, mas para mim ainda está quente. Manuel ligou o ventilador para ele e levou-lhe uma limonada. E um pouco de vinho, doutor Pereira, quando é que vai me dar a satisfação de lhe servir um pouco de vinho? O vinho não é bom para o meu coração, respondeu Pereira, você tem um jornal da manhã? Manuel levou-lhe um jornal. A manchete era: "Esculturas de areia na praia de Carcavelos. O secretário nacional de Propaganda inaugura a mostra dos pequenos artistas". Havia uma enorme fotografia de meia página que mostrava as obras dos jovens artistas na praia: sereias, barcos, veleiros e baleias. Pereira virou a página. No lado interno estava escrito: "Valorosa resistência do contingente português na Espanha". O lide dizia: "Nossos soldados distinguem-se em outra batalha com a ajuda a distância dos submarinos italianos". Pereira não teve vontade de ler o artigo e largou o jornal numa cadeira. Terminou de comer sua omelete e tomou outra limonada sem açúcar. Depois pagou a conta, levantou-se, vestiu o paletó que havia tirado e encaminhou-se a pé para a redação central do *Lisboa*. Quando chegou, eram quinze para as cinco. Pereira entrou num café, afirma, e pediu uma cachaça. Tinha certeza de que lhe faria mal ao coração, mas pensou: que se há de fazer? Depois subiu os lances de escada do velho prédio onde estava a redação do *Lisboa* e cumprimentou a senhorita Filipa. Vou anunciá-lo, disse a senhorita Filipa. Não precisa, respondeu Pereira, anuncio-me sozinho, são cinco horas em ponto e o senhor diretor marcou comigo às cinco. Bateu à porta e ouviu a voz do diretor dizendo pode entrar. Pereira abotoou o paletó e entrou. O diretor estava bronzeado, bastante bronzeado, evidentemente tinha tomado sol no parque das termas. Aqui estou eu, senhor diretor, disse Pereira, estou à sua disposição, diga-me tudo. Tudo ainda vai ser pouco, Pereira, disse o diretor, faz mais de um mês que não nos vemos.

Vimo-nos nas termas, disse Pereira, e o senhor parecia-me satisfeito. Férias são férias, cortou o diretor, não vamos falar das férias. Pereira sentou-se na cadeira diante da escrivaninha. O diretor pegou um lápis e começou a fazê-lo rolar sobre o tampo da mesa. Doutor Pereira, disse, gostaria de tratá-lo por você, se me permite. Como quiser, respondeu Pereira. Ouça, Pereira, disse o diretor, nós nos conhecemos há pouco tempo, desde o lançamento do jornal, mas eu sei que você é um bom jornalista, trabalhou quase trinta anos como repórter, você conhece a vida e tenho certeza de que pode me entender. Farei o possível, disse Pereira. Pois bem, disse o diretor, esta última coisa eu não esperava de você. Que coisa?, perguntou Pereira. O panegírico da França, disse o diretor, causou muito mau humor nos ambientes de peso. Que panegírico da França?, perguntou Pereira com ar admirado. Pereira!, exclamou o diretor, você publicou um conto de Alphonse Daudet que fala da guerra contra os alemães e que termina com esta frase: "Viva a França". É um conto do século XIX, respondeu Pereira. Um conto do século XIX, sim, prosseguiu o diretor, mas mesmo assim fala de uma guerra contra a Alemanha e não é possível que você não saiba, Pereira, que a Alemanha é nossa aliada. Nosso governo não fez alianças, contestou Pereira, pelo menos não oficialmente. Vamos lá, Pereira, disse o diretor, procure raciocinar, se não há alianças, há, no mínimo, simpatias, fortes simpatias, nós temos as mesmas ideias da Alemanha, seja em política interna, seja em política externa, e estamos ajudando os nacionalistas espanhóis, assim como a Alemanha. Mas na censura não fizeram objeção alguma, defendeu-se Pereira, deixaram o conto passar sem problemas. Na censura são uns grosseirões, disse o diretor, uns analfabetos, o diretor da censura é um homem inteligente, é meu amigo, mas não pode ler pessoalmente as provas de todos os jornais portugueses, os outros são funcionários, uns pobres policiais pagos para não deixar passar palavras subversivas como socialismo e comunismo, não podiam entender um conto de Daudet que termina com "Viva a França", nós é que devemos estar atentos, que devemos ser cautelosos, nós, jornalistas, que temos experiência histórica e cultural, nós temos que vigiar a nós mesmos. Eu é que sou vigiado, afirma ter dito Pereira, na realidade há alguém que me vigia. Explique-se melhor, Pereira, disse o diretor, o que você quer dizer com isso? Quero dizer que tenho uma central telefônica na redação, disse Pereira, não recebo mais diretamente meus telefonemas, todos passam por Celeste, a zeladora do edifício. É assim que se faz em todas as redações, retrucou o diretor, se você está ausente, há alguém que recebe a chamada e responde por você. Sim, disse Pereira, mas a zeladora é uma informante da polícia, tenho certeza. Vamos lá, Pereira, disse o diretor, a polícia nos protege, guarda nosso sono, você deveria ser-lhe grato. Eu não sou grato a ninguém, senhor diretor, respondeu Pereira, sou grato apenas ao meu profissionalismo e à lembrança de minha mulher. Às boas lembranças sempre se deve ser grato, condescendeu o diretor, mas você, Pereira, quando publica a página de cultura tem de me mostrar primeiro, essa é minha exigência. Mas eu tinha lhe dito que se tratava de um conto patriótico, insistiu Pereira, e o senhor reconfortou-me ao me assegurar que neste momento precisamos de patriotismo. O diretor acendeu um cigarro e coçou a cabeça. De patriotismo português, disse, não sei se consegue me acompanhar, Pereira, de patriotismo português, você só faz é publicar contos franceses, e não temos simpatia pelos franceses, não sei se consegue me acompanhar, de qualquer modo ouça, nossos leitores precisam de uma boa página cultural portuguesa, em Portugal há dezenas de escritores para você escolher, do século XIX também, para a próxima vez escolha um conto de Eça de Queiroz, que de Portugal ele entendia, ou de Camilo Castelo Branco, que cantou a paixão e teve uma bela vida movimentada, feita de amores e de prisão, o *Lisboa* não é um jornal xenófilo, e você precisa reencontrar suas raízes, voltar à sua terra, como diria o crítico Borrapotas. Não sei quem é, respondeu Pereira. É um crítico nacionalista, explicou o diretor, escreve num jornal nosso concorrente, afirma que os escritores portugueses devem voltar à própria terra. Eu nunca abandonei a minha terra, disse Pereira, estou cravado nesta terra como uma estaca. Está certo, concedeu-lhe o diretor, mas deve me consultar toda vez que tomar uma iniciativa, não sei se entendeu. Entendi perfeitamente, disse Pereira, e desabotoou o primeiro botão do paletó. Bom, concluiu o diretor, acho que nossa conversa terminou, gostaria que entre nós houvesse um bom relacionamento. Claro, disse Pereira, e despediu-se.

Quando saiu, um vento forte fazia o topo das árvores curvar-se. Pereira encaminhou-se a pé, pouco depois parou para ver se passava um táxi. De início pensou em jantar no Café Orquídea, depois mudou de ideia e chegou à conclusão de que era melhor tomar um café com leite em sua casa. Mas não passava táxi nenhum, infelizmente, e teve que esperar mais de meia hora, afirma.

22

No dia seguinte, Pereira ficou em casa, afirma. Levantou-se tarde, tomou seu café da manhã e deixou de lado o romance de Bernanos, afinal no *Lisboa* não sairia mesmo. Procurou na estante e encontrou as obras completas de Camilo Castelo Branco. Pegou uma novela ao acaso e começou a ler a primeira página. Achou-a opressiva, não tinha a leveza e a ironia dos franceses, era uma história tenebrosa, nostálgica, cheia de problemas e carregada de tragédias. Pereira cansou-se logo. Teve vontade de falar com o retrato de sua mulher, mas adiou a conversa para mais tarde. Então preparou uma omelete sem ervas aromáticas, comeu-a inteirinha e foi deitar, adormeceu imediatamente e teve um sonho bonito. Depois se levantou e foi sentar-se numa poltrona, de frente para as janelas. Pelas janelas de sua casa viam-se as palmeiras do quartel em frente, e de vez em quando se ouvia um retinir de clarim. Pereira não sabia decifrar os toques de clarim porque não tinha feito o serviço militar, e para ele eram mensagens incoerentes. Ficou fitando os braços das palmeiras que se agitavam ao vento, e pensou em sua infância. Passou boa parte da tarde assim, pensando em sua infância, mas isso é algo de que Pereira não quer falar, porque nada tem a ver com esta história, afirma.

Por volta das quatro da tarde, ouviu a campainha tocar. Pereira despertou de sua sonolência, mas não se mexeu. Achou estranho alguém tocar a campainha, pensou que pudesse ser Piedade voltando de Setúbal, talvez a irmã tivesse sido operada antes do previsto. A campainha tocou de novo, insistente, duas vezes, dois longos toques. Pereira levantou-se e acionou a alavanca que abria o portão lá embaixo. Ficou no vão das escadas, ouviu o portão fechar-se bem devagar e uns passos subindo apressados. Quando a pessoa que havia entrado chegou ao patamar, Pereira não conseguiu distingui-la, porque estava escuro nas escadas e porque ele já não enxergava tão bem.

Olá, doutor Pereira, disse uma voz que Pereira reconheceu, sou eu, posso entrar? Era Monteiro Rossi, Pereira deixou-o entrar e fechou imediatamente a porta. Monteiro Rossi parou na entrada, tinha uma pequena bolsa na mão e vestia uma camisa de mangas curtas. Desculpe-me, doutor Pereira, disse Monteiro Rossi, depois explico tudo, tem alguém no prédio? A zeladora está em Setúbal, os inquilinos do andar de cima deixaram o apartamento vazio, mudaram-se para o Porto. Acha que alguém me viu?, perguntou com afã Monteiro Rossi. Suava e gaguejava ligeiramente. Creio que não, disse Pereira, mas o que está fazendo aqui, de onde está vindo? Depois explico tudo, doutor Pereira, disse Monteiro Rossi, mas agora precisaria tomar um banho e trocar de camisa, estou exausto. Pereira acompanhou-o ao banheiro e deu-lhe uma camisa limpa, sua camisa de cor cáqui. Vai ficar um pouco larga, disse, mas o que se há de fazer. Enquanto Monteiro Rossi tomava banho, Pereira foi até a entrada diante do retrato de sua mulher. Queria lhe dizer umas coisas, afirma, que Monteiro Rossi se despencara para sua casa, por exemplo, e outras coisas mais. Mas não disse nada, adiou a conversa para mais tarde e voltou à sala. Monteiro Rossi chegou nadando na enorme camisa de Pereira. Obrigado, doutor Pereira, disse, estou exausto, gostaria de contar-lhe muitas coisas, mas estou mesmo acabado, talvez precise dar uma cochilada. Pereira levou-o ao quarto e abriu uma colcha de algodão sobre os lençóis.

Deite-se aqui, disse, e tire os sapatos, não durma de sapatos porque o corpo não descansa, e fique tranquilo, eu mesmo o chamarei mais tarde. Monteiro Rossi deitou-se, e Pereira fechou a porta e voltou à sala. Deixou de lado as novelas de Camilo Castelo Branco, retomou Bernanos e pôs-se a traduzir o resto do capítulo. Se não podia publicá-lo no *Lisboa*, fazer o quê?, pensou, quem sabe poderia publicá-lo num volume, pelo menos os portugueses teriam um bom livro para ler, um livro sério, ético, que tratava de problemas fundamentais, um livro que faria bem à consciência dos leitores, pensou Pereira.

Às oito horas Monteiro Rossi ainda dormia. Pereira foi à cozinha, bateu quatro ovos, acrescentou uma colher de mostarda de Dijon e uma pitada de orégano e de manjerona. Queria preparar uma boa omelete com ervas aromáticas, pois Monteiro Rossi provavelmente devia estar com uma fome dos diabos, pensou. Pôs a mesa para dois na sala, esticou uma toalha branca, usou os pratos de Caldas da Rainha que Silva lhe dera de presente de casamento e arranjou duas velas em dois castiçais. Depois foi acordar Monteiro Rossi, mas entrou devagar no quarto porque no fundo sentia acordá-lo. O jovem estava jogado na cama, de barriga para cima, com um braço suspenso no vazio. Pereira chamou-o, mas Monteiro Rossi não acordou. Então Pereira sacudiu seu braço e disse: Monteiro Rossi, está na hora do jantar, se dormir mais agora, não vai dormir à noite, seria melhor vir comer uma coisinha. Monteiro Rossi pulou para fora da cama com um ar apavorado. Fique calmo, disse Pereira, sou o doutor Pereira, aqui está a salvo. Foram para a sala, e Pereira acendeu as velas. Enquanto preparava a omelete, ofereceu a Monteiro Rossi um patê em lata que sobrara na despensa, e da cozinha perguntou: o que lhe aconteceu, Monteiro Rossi? Obrigado, respondeu Monteiro Rossi, obrigado pela hospitalidade, doutor Pereira, e obrigado também pelo dinheiro que me mandou, Marta fez com que me fosse entregue. Pereira levou a omelete para a mesa e ajeitou o guardanapo em volta do pescoço. Então, Monteiro Rossi, perguntou, o que está havendo? Monteiro Rossi atirou-se sobre a comida como quem não via comida há uma semana. Devagar, assim vai acabar se engasgando, disse Pereira, coma com calma, depois tem um pouco de queijo também, e me conte. Monteiro Rossi engoliu a garfada e disse: meu primo foi preso. Onde?, perguntou Pereira, na pensão que eu arranjei para ele? Que nada, respondeu Monteiro Rossi, foi preso no Alentejo quando tentava recrutar uns alentejanos, eu me safei por milagre. E agora?, perguntou Pereira. Agora estão no meu encalço, doutor Pereira, respondeu Monteiro Rossi, creio que estejam me procurando por Portugal inteiro, tomei um ônibus ontem à noite, cheguei até o Barreiro, depois tomei uma balsa, e do Cais de Sodré até aqui eu vim a pé porque não tinha dinheiro para a condução. Alguém sabe que está aqui?, perguntou Pereira. Ninguém, respondeu Monteiro Rossi, nem a Marta, aliás, gostaria de me comunicar com ela, gostaria pelo menos de lhe dizer que estou a salvo, porque o senhor não vai me mandar embora, não é, doutor Pereira? Pode ficar aqui todo o tempo que quiser, respondeu Pereira, pelo menos até meados de setembro, até a Piedade voltar, a zeladora do prédio que também é minha empregada, Piedade é uma mulher de confiança, mas é uma zeladora e as zeladoras conversam com as outras zeladoras, sua presença não passaria despercebida. Bem, disse Monteiro Rossi, daqui até quinze de setembro arranjarei outro canto, quem sabe falando agora com a Marta. Ouça, Monteiro Rossi, disse Pereira, deixe a Marta para lá por ora, enquanto estiver em minha casa, não se comunique com ninguém, fique tranquilo e descanse. E o senhor o que anda fazendo, doutor Pereira, perguntou Monteiro Rossi, ainda cuidando dos necrológios e das efemérides? Em parte, respondeu Pereira, mas os artigos que escreveu para mim são todos impublicáveis, guardei-os numa pastinha na redação, nem sei por que não os jogo fora. Já é hora de eu lhe confessar algo, sussurrou Monteiro Rossi, desculpe-me por dizer isso tão tarde, mas aqueles artigos não são de todo coisa minha. Como assim?, perguntou Pereira. Bem, doutor Pereira, a verdade é que Marta deu-me uma boa mão, em parte foi ela quem fez, as ideias fundamentais são dela. Parece-me algo muito pouco correto, retrucou Pereira. Oh!, respondeu Monteiro Rossi, não sei até que ponto, mas o senhor, doutor Pereira, sabe o que gritam os nacionalistas espanhóis?, gritam "Viva la muerte", e eu de morte não sei escrever, eu gosto é da vida, doutor Pereira, e sozinho nunca teria conseguido escrever necrológios, falar da morte, realmente não consigo falar sobre a morte. No fundo eu compreendo, afirma ter dito Pereira, nem eu aguento mais.

Caíra a noite, e as velas difundiam uma luz tênue. Não sei por que estou fazendo tudo isso pelo senhor, Monteiro Rossi, disse Pereira. Talvez por ser uma boa pessoa, respondeu Monteiro Rossi. É simples demais, retrucou Pereira, o mundo está cheio de boas pessoas que não saem à procura de encrenca. Então eu não sei, disse Monteiro Rossi, não sei mesmo. O problema é que nem eu sei, disse Pereira, até uns poucos dias atrás eu me questionava muito, mas talvez seja melhor eu parar. Levou à mesa umas cerejas ao licor, e Monteiro Rossi encheu seu copo.

Pereira pegou apenas uma cereja com um pouco de calda, porque receava estragar sua dieta.

Conte-me como foi, perguntou Pereira, o que fez até agora no Alentejo? Subimos toda a região, respondeu Monteiro Rossi, parando nos lugares seguros, nos lugares onde há mais fermento. Desculpe, redarguiu Pereira, mas seu primo não me parece a pessoa certa, eu o vi uma só vez, mas me parecia meio despreparado, meio tonto eu diria, e além disso nem fala português. Sim, disse Monteiro Rossi, mas na vida civil ele é tipógrafo, sabe lidar com documentos, ninguém melhor do que ele para falsificar um passaporte. Se é assim, então ele poderia ter falsificado melhor o dele, disse Pereira, ele tinha um passaporte argentino e dava para ver de longe que era falso. Aquele não tinha sido feito por ele, contestou Monteiro Rossi, tinham-lhe dado na Espanha. E então?, perguntou Pereira. Bem, respondeu Monteiro Rossi, em Portalegre encontramos uma tipografia de confiança e meu primo pôs mãos à obra, fizemos um trabalho de primeira, meu primo confeccionou um bom número de passaportes, boa parte distribuímos, outros ficaram comigo porque não deu tempo. Monteiro Rossi pegou a bolsa que havia deixado na poltrona e meteu a mão. Eis o que sobrou, disse. Colocou sobre a mesa um pacote de passaportes, deviam ser uns vinte. O senhor é doido, meu caro Monteiro Rossi, disse Pereira, andar por aí com essas coisas na bolsa como se fossem bombons, se o encontrarem com esses documentos, o senhor vai acabar mal.

Pereira pegou os passaportes e disse: estes eu mesmo vou esconder. Pensou em guardá-los numa gaveta, mas lhe pareceu um lugar pouco seguro. Então foi para a entrada e os enfiou, na horizontal, na estante, bem atrás do retrato de sua mulher.

Desculpe, disse ao retrato, mas aqui ninguém irá olhar, é o lugar mais seguro da casa toda. Depois voltou para a sala e disse: já é tarde, talvez fosse melhor ir para a cama. Eu tenho que me comunicar com a Marta, disse Monteiro Rossi, deve estar preocupada, não sabe o que aconteceu comigo, deve estar pensando que eu também fui preso. Ouça, Monteiro Rossi, disse Pereira, amanhã eu mesmo telefono para a Marta, mas de um telefone público, por hoje é melhor que fique sossegado e vá para a cama, escreva o número dela neste papel. Vou lhe dar dois números, disse Monteiro Rossi, se não estiver no primeiro, certamente estará no outro, se não for ela a atender, pergunte por Lise Delaunay, é assim que ela se chama agora. Eu sei, admitiu Pereira, encontrei-a por esses dias, aquela moça ficou magra como um palito, está irreconhecível, essa vida não faz bem a ela, Monteiro Rossi, ela está arruinando sua saúde e agora boa noite.

 Pereira apagou as velas e perguntou-se por que se metera em toda aquela história, por que hospedar Monteiro Rossi, por que telefonar para Marta e deixar mensagens cifradas, por que se meter em coisas que não lhe diziam respeito? Talvez porque Marta tivesse ficado tão magra que em seus ombros se via um par de omoplatas tão salientes como asas de frango? Talvez porque Monteiro Rossi não tivesse pai nem mãe para lhe dar guarida? Talvez porque ele houvesse estado na Parede e o doutor Cardoso lhe houvesse exposto sua teoria sobre a confederação das almas? Pereira não sabia, e ainda hoje não saberia dar uma resposta. Preferiu ir para a cama porque no dia seguinte queria se levantar cedo e planejar bem o dia, mas, antes de se deitar, foi um instante até a entrada espiar o retrato de sua mulher. E não falou com ela, Pereira apenas acenou-lhe um tchau carinhoso, afirma.

23

Naquela manhã de fim de agosto, Pereira acordou às oito horas, afirma. Durante a noite, acordara inúmeras vezes e ouvira a chuva murmurejando nas palmeiras do quartel em frente. Não se lembra de ter sonhado, dormira aos trancos, com algum sonho esparso, com certeza, mas de que não se lembra. Monteiro Rossi dormia no sofá da sala, estava metido num pijama que na prática lhe servia de lençol, de tão folgado. Dormia todo encolhido, como se sentisse frio, e Pereira cobriu-o com uma manta, delicadamente, para não o acordar. Mexeu-se pela casa com cautela, cuidando para não fazer barulho, preparou seu café e foi fazer compras na venda da esquina. Comprou quatro latas de sardinhas, uma dúzia de ovos, uns tomates, um melão, pão, oito bolinhos de bacalhau daqueles prontos, que era só esquentar no fogão. Depois Pereira viu um pequeno presunto defumado coberto de páprica, pendurado num gancho, e comprou-o. "Resolveu abastecer a despensa, doutor Pereira?", comentou o vendeiro. Pois é, respondeu Pereira, minha empregada não volta antes da primeira quinzena de setembro, está em Setúbal na casa da irmã, e eu tenho que me virar, não posso fazer compras todo dia. Se quiser uma boa pessoa para ajeitar a casa, poderia lhe indicar alguém, disse o vendeiro, mora um pouco mais acima, para os lados da Graça, tem uma criança pequena e o marido abandonou-a, é pessoa de confiança. Não, obrigado, respondeu Pereira, obrigado, senhor Francisco, mas é melhor não, não sei como a Piedade reagiria, as empregadas são muito ciumentas e ela poderia sentir-se destronada, talvez possa ser uma boa ideia para o inverno, mas agora é melhor esperar a Piedade voltar.

Pereira entrou em casa e colocou as compras na geladeira. Monteiro Rossi dormia. Pereira deixou-lhe um bilhete. "Há ovos com presunto ou bolinhos de bacalhau para esquentar, pode esquentá-los na frigideira, mas com pouco azeite, senão viram uma paçoca, almoce direito e fique tranquilo, estarei de volta no fim da tarde, vou falar com a Marta, até logo, Pereira."

Saiu de casa e foi à redação. Ao chegar, encontrou Celeste em seu quartinho às voltas com um calendário. Bom dia, Celeste, disse Pereira, novidades? Nenhum telefonema e nada de correspondência, respondeu Celeste. Pereira sentiu-se aliviado, era melhor mesmo ninguém o ter procurado. Subiu para a redação, tirou o fone do gancho, depois pegou o conto de Camilo Castelo Branco e preparou-o para a tipografia. Por volta das dez horas telefonou para o jornal, e a voz suave da senhorita Filipa atendeu. É o doutor Pereira, disse Pereira, gostaria de falar com o diretor. Filipa passou a ligação, e a voz do diretor disse: alô. É o doutor Pereira, disse Pereira, queria apenas dar sinal de vida, senhor diretor. É bom mesmo, porque ontem eu o procurei, mas o senhor não estava na redação. Ontem eu não estava passando bem, mentiu Pereira, fiquei em casa porque meu coração não funcionava bem. Entendo, doutor Pereira, disse o diretor, mas gostaria de saber o que planeja para as próximas páginas culturais. Vou publicar um conto de Camilo Castelo Branco, respondeu Pereira, como o senhor me aconselhou, senhor diretor, um autor português do século XIX, acho que vai servir, o que me diz? Perfeito, respondeu o diretor, mas gostaria também que o senhor continuasse com a rubrica das efemérides. Pensei em fazer uma sobre Rilke, respondeu Pereira, mas depois deixei para lá, queria seu consentimento. Rilke, disse o diretor, o nome não me é estranho. Rainer Maria Rilke, explicou Pereira, nasceu na Tchecoslováquia, mas é praticamente um poeta austríaco, escreveu em alemão, morreu em vinte e seis. Ouça, Pereira, disse o diretor, o *Lisboa*, como já lhe disse, está se tornando um jornal xenófilo, por que não faz a efeméride de um poeta da pátria, por que não fazer do nosso grande Camões? Camões?, respondeu Pereira, mas Camões morreu em mil quinhentos e oitenta, já são quase quatrocentos anos. Sim, disse o diretor, mas é o nosso grande poeta nacional, continua muito atual, e depois sabe o que fez António Ferro, diretor do Secretariado Nacional de Propaganda, enfim, o Ministério da Cultura? Teve a brilhante ideia de fazer coincidir o Dia de Camões com o Dia da Raça, nesse dia comemora-se o grande poeta da épica e a raça portuguesa, e o senhor poderia fazer uma efeméride. Mas o Dia de Camões é dez de junho, contestou Pereira, senhor diretor, qual é o sentido de celebrar o Dia de Camões no fim de agosto? Para começar, em dez de junho nós ainda não tínhamos uma página cultural, explicou o diretor, e isso pode ser declarado no artigo, e além disso nada lhe impede de celebrar Camões, que é nosso grande poeta nacional, e mencionar o Dia da Raça, mencioná-lo é o que basta para que os leitores compreendam. Desculpe, senhor diretor, respondeu Pereira com contrição, mas ouça, quero lhe dizer algo, nós originariamente éramos lusitanos, depois tivemos os romanos e os celtas, depois tivemos os árabes, que raça podemos celebrar nós, os portugueses? A raça portuguesa, respondeu o diretor, desculpe Pereira, mas sua objeção não me soa bem, nós somos portugueses, descobrimos o mundo, realizamos as maiores navegações do globo, e quando o fizemos, no século XVI, já éramos portugueses, isso é o que somos, e o senhor que celebre isso, Pereira. Depois o diretor fez uma pausa e prosseguiu: Pereira, da última vez eu o tratei por você, não sei por que ainda continuo a tratá-lo de senhor. Como preferir, senhor diretor, disse Pereira, talvez seja um efeito do telefone. Talvez, disse o diretor, de qualquer forma ouça bem, Pereira, quero que o *Lisboa* seja um jornal muito português, em sua página cultural também, e, se você não tem vontade de fazer uma efeméride sobre o Dia da Raça, deve pelo menos fazê-la sobre Camões, já é alguma coisa.

Pereira despediu-se do diretor e desligou. António Ferro, pensou, aquele terrível António Ferro, o pior é que se tratava de um homem inteligente e esperto, e pensar que foi amigo de Fernando Pessoa, bem, concluiu, aquele Pessoa também escolhia cada amigo! Tentou escrever uma efeméride sobre Camões, e ficou nisso até às doze e trinta. Depois jogou tudo no lixo. Para o diabo Camões também, pensou, o grande poeta que celebrara o heroísmo dos portugueses, heroísmo qual o quê!, disse Pereira a si mesmo. Vestiu o paletó e saiu para ir ao Café Orquídea. Entrou e foi sentar-se à mesa de sempre. Manuel chegou prestativo, e Pereira pediu uma salada de peixe. Comeu com calma, com muita calma, e depois foi ao telefone. Tinha na mão o papelzinho com os números que Monteiro Rossi lhe havia dado. O primeiro número chamou por um bom tempo, mas ninguém atendeu. Pereira discou novamente, no caso de ter discado errado. O telefone chamou e chamou, mas ninguém atendeu. Então discou o outro número. Atendeu uma voz feminina. Alô, disse Pereira, gostaria de falar com a senhorita Delaunay. Não conheço, respondeu a voz feminina com circunspecção. Bom dia, repetiu Pereira, procuro a senhorita Delaunay. Quem é o senhor, por favor?, perguntou a voz feminina. Ouça, senhora, disse Pereira, tenho um recado urgente para Lise Delaunay, deixe-me falar com ela, por favor. Aqui não tem Lise nenhuma, disse a voz feminina, acho que o senhor está enganado, quem lhe deu este número? Pouco importa quem me deu o número, retrucou Pereira, de qualquer modo, se não posso falar com Lise, pelo menos me passe a Marta. Marta?, espantou-se a voz feminina, Marta do quê?, há uma porção de Martas neste mundo. Pereira lembrou-se de que não sabia o sobrenome de Marta e então disse simplesmente: Marta é uma moça magra de cabelos loiros que também responde pelo nome de Lise Delaunay, eu sou um amigo e tenho um recado importante para ela. Sinto muito, disse a voz feminina, mas aqui não há Marta nenhuma nem Lise nenhuma, bom dia. O telefone fez clique, e Pereira ficou com o fone na mão. Desligou e foi sentar-se à mesa. O que lhe posso servir?, perguntou Manuel, chegando prestativo. Pereira pediu uma limonada com açúcar, depois perguntou: há novidades interessantes? Vou saber hoje à noite, às oito horas, disse Manuel, tenho um amigo que sintoniza a rádio Londres, se quiser, amanhã lhe conto tudo.

Pereira bebeu sua limonada e pagou a conta. Saiu e tomou o caminho da redação. Encontrou Celeste em seu cubículo ainda consultando o calendário. Novidades?, perguntou Pereira. Telefonaram para o senhor, disse Celeste, era uma mulher, mas não quis dizer por que ligava. Deixou o nome?, perguntou Pereira. Era um nome estrangeiro, respondeu Celeste, mas não me lembro. Por que não escreveu?, repreendeu-a Pereira, a senhora tem de ser a telefonista, Celeste, e anotar os recados. Eu já escrevo mal o português, respondeu Celeste, imagine então os nomes estrangeiros, era um nome complicado. Pereira sentiu seu coração estremecer e perguntou: e o que foi que essa pessoa disse, o que lhe disse, Celeste? Disse que tinha um recado para o senhor e que procurava o senhor Rossi, que nome estranho!, eu respondi que aqui não havia nenhum senhor Rossi, que aqui é a redação cultural do *Lisboa*, e aí telefonei para a redação central porque imaginava encontrar o senhor lá, queria avisá-lo, mas o senhor não estava e deixei um recado dizendo que uma senhora estrangeira, uma tal de Lise, agora me lembro, estava procurando o senhor. E a senhora disse para o jornal que procuravam o senhor Rossi?, perguntou Pereira. Não, doutor Pereira, respondeu com ar esperto Celeste, isso eu não disse, pareceu-me desnecessário, só disse que uma tal de Lise estava procurando o senhor, não fique nervoso, doutor Pereira, se estão querendo falar com o senhor, vão achá-lo. Pereira olhou para o relógio. Eram quatro horas da tarde, desistiu de subir e despediu-se de Celeste. Ouça, Celeste, disse, eu vou para casa porque não estou passando bem, se alguém ligar para mim, diga que me achará em casa, talvez amanhã eu não venha para a redação, a senhora guarde a correspondência para mim.

Quando chegou em casa, eram quase sete horas. Demorou-se bastante no Terreiro do Paço, num banco, olhando as balsas que partiam para a outra margem do Tejo. Era bonito aquele fim de tarde, e Pereira quis desfrutá-lo. Acendeu um charuto e tragou avidamente. Estava sentado num banco em frente ao rio, e um mendigo sentou-se a seu lado e com sua sanfona tocou para ele velhas canções de Coimbra.

 Quando Pereira chegou em casa, não viu Monteiro Rossi de imediato, e ficou alarmado, afirma. Mas Monteiro Rossi estava no banheiro fazendo sua higiene. Estou me barbeando, doutor Pereira, gritou Monteiro Rossi, estarei com o senhor em cinco minutos. Pereira tirou o paletó e pôs a mesa. Colocou os pratos de Caldas da Rainha, os da noite anterior. Pôs sobre a mesa duas velas que comprara pela manhã. Depois foi para a cozinha pensar no que poderia preparar para o jantar. Sabe-se lá por quê, ocorreu-lhe preparar um prato italiano, mesmo não conhecendo a cozinha italiana. Resolveu inventar uma receita, afirma Pereira. Cortou uma fatia farta de presunto, que picou em cubinhos, depois bateu dois ovos, misturou queijo ralado, em seguida juntou os cubinhos de presunto, e acrescentou orégano e manjerona, misturou tudo direitinho e colocou uma panela de água para ferver, para o macarrão. Quando a água começou a ferver, jogou o espaguete que estava na despensa fazia algum tempo. Monteiro Rossi chegou fresco como uma rosa, vestindo a camisa cáqui de Pereira, que o envolvia como um lençol. Resolvi preparar um prato italiano, disse Pereira, nem sei se é realmente italiano, talvez seja uma fantasia, mas pelo menos é massa. Que delícia!, exclamou Monteiro Rossi, não como massa há séculos. Pereira acendeu as velas e serviu a massa. Tentei falar com a Marta, disse, mas no primeiro número ninguém atende e no segundo atende uma senhora que se faz de tonta, cheguei até a dizer que queria falar com a Marta, mas não adiantou nada, quando cheguei à redação, a zeladora me disse que haviam procurado por mim, provavelmente era a Marta, mas ela procurava pelo senhor, talvez tenha sido imprudência dela, seja lá como for, é bem possível que agora alguém saiba que eu estou em contato com o senhor, acho que isso vai nos trazer problemas. E eu, o que eu faço agora?, perguntou Monteiro Rossi. Se tiver um lugar mais seguro, é melhor que vá para lá, do contrário fique aqui e veremos, respondeu Pereira. Levou à mesa as cerejas ao licor e pegou uma sem calda. Monteiro Rossi encheu seu copo. Naquele instante ouviram bater à porta. Eram pancadas firmes, como se quisessem arrombá-la. Pereira perguntou-se como haviam conseguido passar pelo portão do térreo e ficou uns segundos em silêncio. As pancadas repetiram-se, furiosas. Quem é?, perguntou Pereira levantando-se, o que querem? Abram, polícia, abram a porta ou vamos arrombá-la a tiros, respondeu uma voz. Monteiro Rossi recuou num ímpeto para os quartos, teve força de dizer apenas: os documentos, doutor Pereira, esconda os documentos. Já estão em lugar seguro, tranquilizou-o Pereira, e foi para a entrada abrir a porta. Ao passar diante do retrato de sua mulher, lançou um olhar cúmplice para aquele sorriso distante. Depois abriu a porta, afirma.

24

Afirma Pereira que eram três homens vestidos com roupas civis e armados de pistolas. O primeiro a entrar foi um magricela baixo com uns bigodinhos e um cavanhaque castanho. Polícia política, disse o magricela baixo com ar de quem mandava, temos que revistar o apartamento, estamos procurando uma pessoa. Mostre-me sua credencial, opôs-se Pereira. O magricela baixo dirigiu-se aos dois comparsas, dois brutamontes vestidos de escuro, e disse: hein, rapazes, ouviram essa, o que acham? Um dos dois apontou a pistola para a boca de Pereira e sussurrou: que tal essa credencial, gordalhão? Vamos lá, rapazes, disse o magricela baixo, não tratem assim o doutor Pereira, ele é um bom jornalista, escreve num jornal de todo respeito, talvez um tanto católico demais, não vou negar, mas alinhado com as boas posições. E depois prosseguiu: ouça, doutor Pereira, não nos faça perder tempo, não estamos aqui para bater um papinho, e perder tempo não é nosso forte, e além do mais sabemos que o senhor não tem nada a ver com isso, o senhor é uma boa pessoa, simplesmente não percebeu com quem estava lidando, o senhor deu trela para um tipo suspeito, mas eu não quero metê-lo em encrenca, simplesmente nos deixe fazer nosso trabalho. Eu dirijo a página cultural do *Lisboa*, disse Pereira, quero falar com alguém, quero telefonar para o diretor, ele sabe que vocês estão em minha casa? Vamos lá, doutor Pereira, respondeu o magricela baixo com voz melíflua, o senhor acha que antes de fazer uma ação policial vamos avisar o seu diretor, mas que conversa é essa? Mas vocês não são a polícia, teimou Pereira, não se identificaram, estão à paisana, não têm mandado nenhum para entrar em minha casa. O magricela baixo dirigiu-se novamente aos dois brutamontes com um sorrisinho e disse: o dono da casa é teimoso, rapazes, o que será preciso fazer para convencê-lo? O homem que apontava a pistola para Pereira deu-lhe uma enérgica bofetada, e Pereira cambaleou. Ei, Fonseca, não faça isso, disse o magricela baixo, não pode maltratar o doutor Pereira, se não vai apavorá-lo demais, ele é um homem frágil, apesar do tamanhão, ele trata de cultura, é um intelectual, o doutor Pereira tem que ser convencido com boas maneiras, ou vai acabar mijando nas calças. O brutamontes que se chamava Fonseca soltou outro bofetão em Pereira, e Pereira cambaleou de novo, afirma. Fonseca, disse o magricela baixo, sorrindo, você tem a mão muito pesada, vou ter de ficar de olho em você ou vai acabar estragando o meu serviço. Depois se dirigiu a Pereira e disse: doutor Pereira, como já disse, não temos nada contra o senhor, só viemos dar uma liçãozinha num jovem que está em sua casa, uma pessoa que anda precisando de uma liçãozinha porque já não conhece os valores da pátria, perdeu-os por aí, o pobrezinho, e nós viemos mostrar-lhe como encontrá-los novamente. Pereira esfregou a face e murmurou: não há ninguém aqui. O magricela baixo deu uma olhada à sua volta e disse: ouça, doutor Pereira, facilite nossa tarefa, só precisamos fazer umas perguntas ao seu jovem hóspede, só vamos fazer um rápido interrogatório e nos empenharemos para que ele recupere os valores patrióticos, não queremos fazer nada além disso, foi para isso que viemos. Então me deixe telefonar para a polícia, insistiu Pereira, eles que venham e que o levem à delegacia, lá é que se fazem os interrogatórios, e não num apartamento. Vamos lá, doutor Pereira, disse o magricela baixo com seu sorrisinho, o senhor não está sendo nada compreensivo, seu apartamento é o lugar ideal para um interrogatório privado como o nosso, sua zeladora não está, seus vizinhos foram para o Porto, a noite está tranquila, e este prédio é uma delícia, é mais discreto que um escritório da polícia.

Depois fez um sinal para o brutamontes que chamara de Fonseca, e o sujeito empurrou Pereira até a sala de jantar. Os homens olharam ao redor, mas não viram ninguém, só a mesa posta com os restos de comida. Um jantarzinho íntimo, doutor Pereira, disse o magricela baixo, vejo que teve um jantarzinho íntimo com velas e tudo, mas que romântico. Pereira não respondeu. Ouça, doutor Pereira, disse o magricela baixo com ar melífluo, o senhor é viúvo e não frequenta mulheres, como pode ver, eu sei tudo sobre o senhor, será que por acaso o senhor gosta é de garotos? Pereira esfregou novamente a face e disse: o senhor é uma pessoa abjeta, e tudo isto é abjeto. Vamos lá, doutor Pereira, prosseguiu o magricela baixo, o homem é o que é, o senhor sabe disso muito bem, e se um homem encontra um belo rapaz, loiro, com uma bela bundinha, dá para entender. E depois, em tom duro e decidido, retomou: vamos ter que revirar a casa toda, ou o senhor prefere entrar em acordo? Está lá dentro, respondeu Pereira, no escritório ou no quarto. O magricela baixo deu as ordens aos dois brutamontes. Fonseca, disse, pega leve, não quero problemas, basta lhe dar uma liçãozinha e saber o que queremos saber, e você, Lima, comporte-se bem, eu sei que você trouxe o cassetete por baixo da camisa, mas lembre-se de que não quero pancadas na cabeça, melhor nos ombros e pulmões, que dói mais e não deixa marcas. Está bem, comandante, responderam os dois brutamontes. Entraram no escritório e fecharam a porta atrás de si. Bem, disse o magricela baixo, bem, doutor Pereira, vamos conversar um pouco enquanto os dois assistentes fazem o trabalho deles. Eu quero ligar para a polícia, repetiu Pereira. A polícia, sorriu o magricela baixo, mas a polícia sou eu, doutor Pereira, ou ao menos estou fazendo as vezes dela, porque mesmo a nossa polícia à noite dorme, sabe?, a nossa é uma polícia que nos protege todo santo dia, mas à noite vai dormir porque está exausta, mesmo com todos os malfeitores que há por aí, com todas as pessoas como o seu hóspede, que perderam o sentido da pátria, mas me diga, doutor Pereira, por que foi se meter nessa embrulhada? Não me meti em embrulhada nenhuma, respondeu Pereira, simplesmente contratei um estagiário para o *Lisboa*. Claro, doutor Pereira, claro, disse o magricela baixo, mas o senhor deveria ter-se informado antes, deveria ter consultado a polícia ou seu diretor, fornecido os dados de seu suposto estagiário, permite que pegue uma cereja?

Pereira afirma que nesse instante se levantou da cadeira. Havia-se sentado porque sentia o coração batendo disparado, mas àquela altura se levantou e disse: ouvi uns gritos, quero ver o que está acontecendo no meu quarto. O magricela baixo apontou-lhe a pistola. Se eu fosse o senhor, não faria isso, doutor Pereira, disse, meus homens estão fazendo um trabalho delicado e seria desagradável para o senhor ficar assistindo, o senhor é um homem sensível, doutor Pereira, é um intelectual, e além disso sofre do coração, certas cenas não lhe fariam bem. Quero telefonar para o diretor, insistiu Pereira, deixe-me telefonar para o diretor. O magricela baixo deu um sorriso irônico. Seu diretor agora está dormindo, retrucou, talvez esteja dormindo abraçado a uma bela mulher, sabe?, seu diretor é um homem de verdade, doutor Pereira, ele tem colhão, não é como o senhor, que vai à cata das bundinhas dos garotos loiros. Pereira inclinou-se para a frente e deu-lhe um tapa. O magricela baixo, num pulo, atingiu-o com sua pistola, e Pereira começou a sangrar pela boca. Não deveria ter feito isso, doutor Pereira, disse o homem, disseram-me para ter respeito com o senhor, mas tudo tem limite, se o senhor é um imbecil que recebe subversivos em sua casa, a culpa não é minha, eu poderia cravar uma bala em sua garganta e o faria até com prazer, só não o faço porque me mandaram respeitá-lo, mas não abuse, doutor Pereira, não abuse, porque eu poderia perder a paciência.

Pereira afirma que àquela altura ouviu mais um grito abafado e que se lançou contra a porta do escritório. Mas o magricela baixo pulou à sua frente e deu-lhe um empurrão. O empurrão foi mais forte que Pereira com seu tamanho todo, e Pereira recuou. Ouça, doutor Pereira, disse o magricela baixo, não me obrigue a usar a pistola, eu tenho uma vontade enorme de meter-lhe uma bala na garganta ou então no coração, que é seu ponto fraco, mas não vou fazer isso porque não queremos mortos aqui, viemos somente para dar uma lição de patriotismo, e também para o senhor um pouco de patriotismo não seria de todo mal, visto que no seu jornal o senhor só faz é publicar escritores franceses. Pereira foi sentar-se de novo, afirma, e disse: os escritores franceses são os únicos a ter coragem num momento como este. Deixe-me lhe dizer que os escritores franceses são uns merdas, disse o magricela baixo, deveriam colocar todos no paredão e depois de mortos deveriam mijar em cima deles. O senhor é uma pessoa vulgar, disse Pereira. Vulgar, mas patriótica, respondeu o homem, não sou como o senhor, doutor Pereira, que busca cumplicidade nos escritores franceses.

Naquele momento os dois brutamontes abriram a porta. Pareciam nervosos e tinham um ar afobado. O rapaz não queria falar, disseram, demos uma lição nele, mas tivemos de usar de força, é melhor darmos o fora. Fizeram algum desastre?, perguntou o magricela baixo. Não sei, respondeu o que se chamava Fonseca, acho melhor irmos embora. E precipitou-se até a porta, seguido por seu colega. Ouça, doutor Pereira, disse o magricela baixo, o senhor nunca nos viu nesta casa, não banque o esperto, deixe para lá suas amizades, lembre-se de que esta foi uma visita de cortesia, porque da próxima vez poderemos voltar por sua causa. Pereira trancou a porta e ficou ouvindo enquanto desciam as escadas, afirma. Depois correu para o quarto e encontrou Monteiro Rossi jogado de costas no tapete. Pereira deu-lhe um tapinha e disse: Monteiro Rossi, coragem, já passou. Mas Monteiro Rossi não deu sinal de vida. Então Pereira foi ao banheiro, encharcou uma toalha e passou-a no rosto do rapaz. Monteiro Rossi, repetiu, acabou, foram embora, acorde. Só naquele instante percebeu que a toalha estava ensopada de sangue e viu que os cabelos de Monteiro Rossi estavam cheios de sangue. Monteiro Rossi estava de olhos arregalados e fitava o teto. Pereira deu-lhe outro tapinha, mas Monteiro Rossi não se mexeu. Então Pereira tomou seu pulso, mas nas veias de Monteiro Rossi a vida já não corria. Fechou aqueles olhos claros arregalados e cobriu seu rosto com a toalha. Depois esticou as pernas dele, para não deixá-lo daquele jeito encolhido, esticou-as como devem estar esticadas as pernas de um morto. E pensou que teria de ser rápido, muito rápido, pois já não restava muito tempo, afirma Pereira.

25

Pereira afirma que lhe ocorreu uma ideia maluca, mas talvez pudesse pô-la em prática, pensou. Vestiu o paletó e saiu. Diante da catedral havia um café que ficava aberto até tarde e que tinha um telefone. Pereira entrou e olhou à sua volta. No café havia um grupo de boêmios jogando baralho com o dono. O garçom era um rapaz sonolento que mandriava atrás do balcão. Pereira pediu uma limonada, dirigiu-se ao telefone e discou o número da Clínica Talassoterápica da Parede. Perguntou pelo doutor Cardoso. O doutor Cardoso já se recolheu, quem deseja falar com ele?, disse a voz da telefonista. É o doutor Pereira, disse Pereira, preciso falar com urgência com ele. Vou chamá-lo para o senhor, mas precisa aguardar alguns minutos, o tempo de ele descer. Pereira aguardou pacientemente até o doutor Cardoso atender. Boa noite, doutor Cardoso, disse Pereira, tenho uma coisa importante para lhe dizer, mas agora não dá para falar. O que há, doutor Pereira, perguntou o doutor Cardoso, o senhor não está se sentindo bem? De fato não estou me sentindo bem, respondeu Pereira, mas não é isso o que importa, o fato é que na minha casa aconteceu um problema grave, não sei se meu telefone particular está grampeado, mas não tem importância, agora não dá para dizer mais nada, preciso de sua ajuda, doutor Cardoso. Diga-me de que maneira, disse o doutor Cardoso. Pois bem, doutor Cardoso, disse Pereira, amanhã ao meio-dia vou lhe telefonar, o senhor tem que me fazer um favor, tem que se fazer passar por um graúdo da censura, tem que dizer que minha matéria recebeu o seu visto, é só isso. Não compreendo, retrucou o doutor Cardoso. Ouça, doutor Cardoso, disse Pereira, estou telefonando de um café e não posso lhe dar explicações, em casa tenho um problema que o senhor sequer pode imaginar, mas vai ficar sabendo pela edição da tarde do *Lisboa*, vai estar tudo escrito ali, preto no branco, mas o senhor tem que me fazer um enorme favor, tem que afirmar que meu artigo tem seu consentimento, entendeu?, tem que dizer que a polícia portuguesa não tem medo de escândalos, que é uma polícia limpa e que não tem medo de escândalos. Entendi, disse o doutor Cardoso, amanhã ao meio-dia esperarei seu telefonema.

Pereira voltou para casa. Foi para o seu quarto e tirou a toalha do rosto de Monteiro Rossi. Cobriu-o com um lençol. Depois foi ao escritório e sentou-se diante da máquina de escrever. Escreveu como manchete: "Jornalista assassinado". Depois foi para a linha seguinte e começou a escrever: "Chamava-se Francisco Monteiro Rossi, era de origem italiana. Colaborava com o nosso jornal com artigos e necrológios. Escreveu textos sobre grandes escritores de nossa época, como Maiakóvski, Marinetti, D'Annunzio, García Lorca. Seus artigos ainda não foram publicados, mas talvez venham a sê-lo um dia. Era um jovem alegre, que amava a vida e que, ao contrário, fora chamado para escrever sobre a morte, tarefa da qual não se esquivou. Nesta madrugada a morte foi procurá-lo. Ontem à noite, enquanto jantava na casa do diretor da página cultural do *Lisboa*, o doutor Pereira, que escreve este artigo, três homens armados irromperam no apartamento. Apresentaram-se como polícia política, mas não mostraram nenhum documento que corroborasse sua palavra. Tendemos a excluir que se tratasse realmente de polícia, porque estavam vestidos à paisana e porque esperamos que a polícia de nosso país não lance mão desses métodos. Eram uns facínoras que agiam com a cumplicidade de não sabemos quem, e seria bom que as autoridades investigassem esse acontecimento torpe. Eram liderados por um homem magro e baixo, de bigode e cavanhaque, que os outros dois chamavam de comandante. Os outros dois foram mais de uma vez chamados pelo nome por seu comandante. Se os nomes não eram falsos, eles chamam-se Fonseca e Lima, são dois homens altos e robustos, de tez escura, de ar pouco inteligente. Enquanto o homem magro e baixo mantinha uma arma apontada contra quem escreve este artigo, o Fonseca e o Lima arrastaram Monteiro Rossi para o quarto para interrogá-lo, segundo o que eles próprios declararam. Quem escreve este artigo ouviu pancadas e gritos abafados. Depois os dois homens disseram que o trabalho estava feito. Os três deixaram rapidamente o apartamento de quem escreve ameaçando-o de morte, caso divulgasse o ocorrido. Quem escreve foi para o quarto e nada mais pôde fazer a não ser constatar o óbito do jovem Monteiro Rossi. Tinha sido brutalmente espancado, e alguns golpes, desferidos com o cassetete ou com a coronha da arma, arrebentaram seu crânio. Seu cadáver encontra-se atualmente no segundo andar de rua da Saudade, número 22, na casa de quem escreve este artigo. Monteiro Rossi era órfão e não tinha parentes. Estava apaixonado por uma moça bonita e doce, cujo nome não conhecemos. Sabemos apenas que seus cabelos eram cor de cobre e que amava a cultura. A essa moça, se nos estiver lendo, apresentamos nossas mais sinceras condolências e nossas carinhosas saudações. Convidamos as autoridades competentes a vigiar atentamente esses episódios de violência que, à sua sombra, e talvez com a cumplicidade de alguns, são hoje perpetrados em Portugal."

Pereira foi para a linha seguinte, à direita, colocou o seu nome: Pereira. Assinou só Pereira, porque era assim que todos o conheciam, por seu sobrenome, assim como havia assinado seus artigos de crônica policial durante tantos anos.

Ergueu os olhos para a janela e viu que alvorecia acima dos braços das palmeiras do quartel da frente. Ouviu o toque do clarim. Pereira deitou-se numa poltrona e adormeceu. Quando acordou, já era pleno dia e Pereira olhou alarmado para o relógio. Pensou que teria de ser rápido, afirma. Barbeou-se, enxaguou o rosto com água fresca e saiu. Encontrou um táxi diante da catedral e foi até a redação. Celeste estava em seu quartinho, e cumprimentou-o com ar cordial. Nada para mim?, perguntou Pereira. Nenhuma novidade, doutor Pereira, respondeu Celeste, só que me deram uma semana de férias. E, mostrando-lhe o calendário, prosseguiu: volto no próximo sábado, por uma semana terá que se arranjar sem mim, hoje em dia o Estado protege os mais fracos, enfim, as pessoas como eu, não é à toa que somos corporativos. Procuraremos não sentir demasiado sua falta, murmurou Pereira, e subiu as escadas. Entrou na redação e pegou a pastinha onde havia escrito "Necrológios". Colocou-a numa bolsa de couro e saiu. Parou no Café Orquídea e pensou que tinha uns cinco minutos para sentar-se e beber algo. Uma limonada, doutor Pereira?, perguntou prestativo Manuel enquanto ele se sentava à mesa. Não, respondeu Pereira, vou tomar um Porto seco, prefiro um Porto seco. É uma novidade, doutor Pereira, disse Manuel, além do mais a esta hora, de qualquer modo fico feliz, significa que o senhor está melhor. Manuel colocou o copo na mesa e deixou a garrafa. Ouça, doutor Pereira, disse Manuel, deixo-lhe a garrafa, se quiser tomar mais um copo, fique à vontade e, se desejar um charuto, é só pedir. Traga-me um charuto leve, disse Pereira, mas, por falar nisso, Manuel, você tem um amigo que sintoniza a rádio Londres, quais são as novas? Parece que os republicanos estão apanhando, disse Manuel, mas, sabe?, doutor Pereira, disse baixando a voz, também falaram de Portugal. Ah é?, disse Pereira, e o que dizem de nós? Dizem que vivemos numa ditadura, respondeu o garçom, e que a polícia tortura as pessoas. E você o que acha, Manuel?, perguntou Pereira. Manuel coçou a cabeça. E o que o senhor acha, doutor Pereira?, replicou, o senhor está no jornalismo e dessas coisas o senhor entende. Eu digo que os ingleses têm razão, declarou Pereira. Acendeu o charuto e pagou a conta, depois saiu e tomou um táxi para a tipografia. Ao chegar, encontrou o tipógrafo-chefe todo esbaforido. O jornal vai para a máquina daqui a uma hora, disse o tipógrafo, doutor Pereira, foi bom o senhor colocar o conto de Camilo Castelo Branco, é uma beleza, eu li quando menino na escola, mas ainda é uma beleza. Vamos precisar reduzi-lo em uma coluna, disse Pereira, tenho aqui um artigo que fecha a página cultural, é um necrológio. Pereira passou-lhe a folha, o tipógrafo leu e coçou a cabeça. Doutor Pereira, disse o tipógrafo, é um assunto muito delicado, o senhor me traz isso em cima da hora e sem o visto da censura, parece-me tratar de fatos graves. Ouça, senhor Pedro, disse Pereira, nós nos conhecemos há quase trinta anos, desde que eu escrevia a crônica policial para o jornal mais importante de Lisboa, alguma vez lhe causei problema? Nunca, respondeu o tipógrafo, mas agora os tempos mudaram, não é como no passado, agora há toda essa burocracia e eu tenho de respeitá-la, doutor Pereira. Ouça, senhor Pedro, disse Pereira, a permissão me foi dada oralmente pela censura, telefonei há meia hora da redação, falei com o major Lourenço, e ele está de acordo. Mesmo assim seria melhor ligar para o diretor, contestou o tipógrafo. Pereira deu um suspiro profundo e disse: está bem, telefone à vontade, senhor Pedro. O tipógrafo discou o número, e Pereira ficou ouvindo com o coração disparado. Compreendeu que o tipógrafo falava com a senhorita Filipa. O diretor saiu para o almoço, disse o senhor Pedro, falei com a secretária, não volta antes das três. Às três horas o jornal já estará pronto, disse Pereira, não podemos esperar até as três. Não mesmo, disse o tipógrafo, não sei o que fazer, doutor Pereira. Ouça, sugeriu Pereira, o melhor a fazer é telefonar diretamente para a censura, talvez consigamos falar com o major Lourenço. O major Lourenço, exclamou o tipógrafo como se tivesse medo daquele nome, diretamente com ele? É um amigo, disse Pereira fingindo descaso, hoje pela manhã li para ele meu artigo, está de pleno acordo, falo com ele todos os dias, senhor Pedro, é meu trabalho. Pereira apanhou o telefone e discou o número da Clínica Talassoterápica da Parede. Ouviu a voz do doutor Cardoso. Alô, major, disse Pereira, é o doutor Pereira do *Lisboa*, estou aqui na tipografia para incluir aquele artigo que eu li para o senhor pela manhã, mas o tipógrafo está em dúvida porque está faltando o carimbo com seu visto, quem sabe o senhor pode convencê-lo, vou passar o telefone para ele. Passou o aparelho para o tipógrafo e ficou a observá-lo enquanto falava. O senhor Pedro começou a anuir. Claro, senhor major, dizia, está bem, senhor major. Depois colocou o fone no gancho e olhou Pereira. Então?, perguntou Pereira. Disse que a polícia portuguesa não tem medo desses escândalos, disse o tipógrafo, que há uns malfeitores por aí que devem ser denunciados e que seu artigo tem que sair ainda hoje, doutor Pereira, foi o que ele disse. Depois prosseguiu: disse-me também, diga ao doutor Pereira que escreva um artigo sobre a alma, que todos nós estamos precisando, ele disse isso mesmo, doutor Pereira. Vai ver que era uma brincadeira, disse Pereira, de qualquer forma amanhã eu mesmo falo com ele.

Deixou o artigo com o senhor Pedro e saiu. Sentia-se exausto e estava com o intestino em alvoroço. Pensou em parar no café da esquina para comer um sanduíche, mas pediu apenas uma limonada. Depois tomou um táxi e pediu que se dirigisse à catedral. Entrou em casa com cautela, temendo que alguém estivesse à sua espera. Mas não havia ninguém em casa, a não ser um grande silêncio. Foi para o quarto e deu uma olhada no lençol que cobria Monteiro Rossi. Depois pegou uma malinha, colocou nela o estritamente necessário e a pastinha dos necrológios. Foi até a estante e começou a folhear os passaportes de Monteiro Rossi. Finalmente encontrou um que lhe servia. Era um belo passaporte francês, muito bem-feito, a fotografia era a de um homem gordo, com bolsas sob os olhos, e a idade era conforme. Chamava-se Baudin, François Baudin. Pareceu-lhe um belo nome, a Pereira. Meteu-o na mala e pegou o retrato de sua mulher. Vou levá-la comigo, disse, é melhor você vir comigo. Colocou-o de cabeça para cima, para que respirasse bem. Depois deu uma olhada ao redor e consultou o relógio.

Era melhor apressar-se, o *Lisboa* sairia em breve e não havia tempo a perder, afirma Pereira.

25 de agosto de 1993

Sobre a tradutora

Roberta Barni é graduada em direção teatral pela Escola de Comunicações e Artes da Universidade de São Paulo (ECA-USP), com especialização em tradução-italiano pela Faculdade de Filosofia, Letras e Ciências Humanas (FFLCH) da USP. Tem mestrado em letras na área de língua e literatura italiana e doutorado em linguística na área de semiótica e linguística geral pela mesma instituição. Atualmente, é professora de literatura italiana no Departamento de Letras Modernas da FFLCH-USP. É tradutora, entre outros autores, de Italo Calvino.

ESTE LIVRO FOI COMPOSTO EM ADOBE GARAMOND PRO
CORPO 12 POR 16,6 E IMPRESSO SOBRE PAPEL PÓLEN BOLD
90 g/m² NAS OFICINAS DA MUNDIAL GRÁFICA, SÃO PAULO – SP,
EM NOVEMBRO DE 2021